蒋林 著

# 绝望收藏室

DESPERATE
COLLECTION
CHAMBER

北京联合出版公司
Beijing United Publishing Co.,Ltd.

图书在版编目（CIP）数据

绝望收藏室 / 蒋林著. — 北京：北京联合出版公司，
2016.10（2017.4重印）
ISBN 978-7-5502-8299-5

Ⅰ. ①绝… Ⅱ. ①蒋… Ⅲ. ①长篇小说－中国－当代
Ⅳ. ①I247.5

中国版本图书馆CIP数据核字(2016)第188689号

# 绝望收藏室

作　　者：蒋　林
出版统筹：新华先锋
责任编辑：刘京华　夏应鹏
特约监制：黎　靖
特约编辑：朱　瑞
封面设计：王　鑫
版式设计：刘　宽
营销统筹：章艳芬

北京联合出版公司出版
（北京市西城区德外大街83号楼9层　100088）
北京中创彩色印刷有限公司印刷　新华书店经销
字数120千字　620毫米×889毫米　1/16　15印张
2016年10月第1版　2017年4月第2次印刷
ISBN 978-7-5502-8299-5
定价：36.00元

# 自　序

## 黎明将近

《绝望收藏室》是我的第五部长篇小说，与上一部长篇小说《隐蔽的脸》有些关联。在《隐蔽的脸》中，我写了一个"爱到绝望，谋而后杀"的故事，整部作品充满孤独与绝望。其实，希望的光芒就在主人公的眼前闪烁，只是她没有及时感知。我隐约觉得那太残忍，所以在《绝望收藏室》中，我给主人公赋予了更强大的力量。无论生活的隧道多幽长，无论人生的天空多黑暗，在不远处总有一丝光为我们指明方向照亮前路。

从《隐蔽的脸》到《绝望收藏室》，故事的主人公由若童变成了萧木，主题也由在绝望中毁灭变成了自我救赎。

萧木童年孤独、生活不幸、理想幻灭，即便是那份最珍贵的爱情也经历了九九八十一难，才有情人终成眷属。一个柔弱的女人能承受的最大痛苦，萧木全部遭遇。尽管如此，萧木从来不是人生的弱者。从某种程度讲，她是一个生活的强者。在艰难险阻面前她从未低过头，一次都没有。在孤独的童年里，她尽力找到快乐；在理想破灭时，她坚信总有一天能够成功；在最绝望时，她没有放弃寻找失散的爱人。在颠沛流离和无尽的放逐里，萧木在网上开设了"绝望收藏室"，专门收集充满绝望的故事，通过交流为陷入绝望的人带去希望。在拯救他人的过程中，萧木同时也获得了自我救赎。她更加平静，更加坚韧。

故事的讲述者墨非曾是著名作家，在文坛具有相当大的影响力和号召力。但是，他坠入了人生的低谷：婚姻破裂、创作枯竭，生活一片狼藉。在与萧木的交往中，他逐渐找到生活的意义和创作的冲动。后来，墨非接手萧木留下的书店，并更名为"灯塔"。这个书店就像夜空中最亮的星星，照亮每一个在夜色中前行的路人。

没有什么可以打败我们，只要我们自己不放弃。

雨果曾说："痛苦能够孕育灵魂和精神的力量，灾难是傲骨的乳娘，祸患则是人杰的乳汁。"2004年印度洋海啸之后，泰国烤肉摊主素拉威说："我明白了一个道理，就是越是困难越要努力，这样才能生存下来。"所以，海啸之后素拉威将他的小店更名为"拼搏店"。依然是这场灾难，海啸夺走了泰国咸水村100多个孩子的生命，也留下更多的孤儿。在海滩的一个渔场边，一位老者对那些孤苦伶仃的孤儿说："生活就像渔网，破了还可以再补。但人，一定要有活下去的信心。"

面对绝望，有人坠入泥潭无法自拔，有人奋力反击迎来新生，诸此种种，皆是上帝在考验我们的心性。黑夜沉重，黎明的光才会异常耀眼。梅花之香，出自苦寒，希望何尝不是如此？绝望犹如浓重粘稠的夜幕，黎明之光就是划破它的匕首。黑夜虽至，然黎明将近；绝望虽深，然希望仍在。

# 目 录

## contents

# 第一章 死而复生

## 1

"如果看不到光芒，我甘愿被黑暗吞噬。我选择离开，因为这是我最好的归宿和最后的救赎。那些我爱的人和爱我的人、被我伤害和伤害我的人，希望在我闭上眼睛的那一刻，彼此祝福和谅解。晚安，所有卑微的生命。"三年前的一个深夜，萧木留下这段话和一段触目惊心的割腕自杀视频后消失在这个世界。她用一张锋利而散发着寒光的刀片，切断了与这个世界的恩怨与纠缠。

作为一个从未正式出版过任何文字的写作者，媒体对萧木的死亡并不关心。报道寥寥可数，基本上都是发表在本地报纸文娱版边角的豆腐块文章，即便最长的报道也只有五百七十四个字。没有照片和评论，看起来是因为当天的新闻不够而拿来滥竽充数的。这些报道中，没有哪一篇是在关注一个作者为什么走上死亡的不归路，而是把萧木直播自杀作为最大的噱头。

什么都能拿来被利用，包括死亡，这是这个世界最大的笑话。

相对来说，网络上的信息比报纸略多，其中一个以八卦闻名的论坛发起了萧木到底为何自杀的讨论。发起人原文转发了萧木的遗书和自杀的视频，并配上煽情的文字。而且，这个身份不明的发起人还从视频中截了很多图，一张一张地发布在论坛里。照片中，萧木脸色惨白、双目微闭，花格子衬衫左边袖子上乌黑的血迹清晰可见，与暗紫色的嘴唇遥相呼应。发起人这样写道："所有选择死亡的人，都有无法继续生存的理由。我们要为每一个坚强的生命高唱赞歌，也要为每一个脆弱的灵魂送去祝福。生存与死亡，都是对生命的一种选择。"

尽管有触目惊心的照片和催人泪下的文字，但反应者并不多。评论大约有一百来条。在这个人们习惯于用点赞来表达关注的时代，有关萧木的这条新闻中有四个回帖获得了最多的关注和支持。

第一个回帖：今生的光熄灭，来世的灯点亮。所有不去争取希望的人，都是生活的懦夫。

第二个回帖：活着多好，搞不懂为什么要去死。从视频上看，这不像是炒作。作为一名专业医生，我能够判断出视频中此人的流血量已经超出了导致休克的最大值，几无生还的希望。在此我劝诫所有的人，活着就好好活着，生命不可逆，千万珍惜。

第三个回帖：每天都会有人死去，不足为奇。

第四个回帖：从来没有听说过这位作者，现在她终于用死亡让我认识了她。但悲哀的是，她怎么连一部作品都没有？有可能是一种炒作，只是为了出名。

第四个回帖似乎包含着某种莫名的意味，尽管看上去不痛不痒，但往深处想就能发现：此人认为萧木在做一场死亡秀，目的是引起社会关注。这个躲在电脑背后的人，用尖酸、刻薄的文字把萧木描述成一个欲望缠身、浅薄无知的女人。这些文字在传递一个信息：萧木根本就没有死，她只是用一场假死来骗取人们的关注。

尽管关于视频中萧木是真死还是假死的争论进行得相对激烈，那位自称医生的人甚至晒出了自己的医师资格证，但是两天后，这个话题依然逃脱不了石沉大海的命运。从讨论中可以看出，人们认为萧木自杀的原因无非是为情所困，或者患上不治之症。这也是这个时代自杀者最普遍的原因。当然，更多的人都支持第二个回帖，毕竟专业人士所说的话会是专业的。

萧木的死没有吸引更多人关注，更无人思考藏在她死亡背后幽深的绝望。死亡带来的短暂讨论，很快就淹没在浩如烟海的信息碎片中，如随风飘散的灰烬。

# 2

三年之后，事情开始变得荒诞离奇。

一个沉闷的午夜，我接到一个电话。对方是位女士，口气温婉、语速缓慢，好像我们是多年不见的朋友。但是，我却被她的话惊出一身冷汗，僵硬得如同寒冬里一只慌张无措的蚂蚁。

"请问您是墨非先生吗？"

"我是，请问你是哪位？"

"我是谁并不重要。"

"你是从哪里知道我的电话号码的？"

"这个也不重要。"

"那什么才重要？"

烦躁的夜色和唐突的电话让我情绪瞬间爆发，打算立即挂断。可是，当我把手机从耳边拿开时，听筒里又传来夜猫呻吟似的声音。模糊而缥缈的语句在昏暗的灯光里划过一道悠长的弧线，在我的耳朵里回旋。迟疑片刻，我又鬼使神差地把手机放回耳边。这不可思议的行为，彻底改变了我后来的生活。

"有个女人想见您一面。"

"女人？"

"是的，一个女人。"

"哪个女人？"

"萧木。"

"萧木？"

"没错。萧木。"

我身子一软，手机差点儿掉在地上。

气咻咻地挂断电话后，我胸闷气短，感觉随时可能窒息而亡。手机还紧紧地握在手里，被一层冷汗包围，湿漉漉的。房间里很沉闷。我怒气冲冲地把手机摔在沙发上，一头朝窗户冲去。我记不清这扇窗户到底有多久没有打开过，至少应该有三个月了吧。从云南回来后，我就这样门窗紧闭，足不出户。闷得心慌的时候，我也仅仅是像只土拨鼠那样撩开窗帘，机警地看一看窗台上被灰尘覆盖的植物和楼下神情麻木的行人。

打开窗户，我看着苍茫的夜晚，清冷的风和昏黄的街灯充斥着荒谬与不祥。不远处街道上一个女人孤冷地走过去，背影晃晃悠悠地消失在巷子尽头。我的眼神停留在灰色的水泥路上，却再也没有任何人在我的视野里出现。

手机再次响起，刺耳的铃声把初春的夜晚撕成写满错字的纸屑。我知道打电话的是谁，一定是刚才那个来路不明的女人。我背靠窗户站在原地，后脖颈子凉飕飕的。响声如我预想的那样停止了。但是，我没想到它会第三次响起，更遑提第四次、第五次。

任何一个死缠烂打的女人，都会让人无比恐惧。

这个春色忧郁的夜晚，我记不清那个女人到底打了多少次电话。我只是明白，如果我不妥协，她也不会善罢甘休。半晌，我拖着步子，垂头丧气地来到沙发前，慢悠悠地坐下。

"萧木说她很想见您。"

"你说的是三年前就已经自杀的萧木吗？"

"是的。"

"一个死了三年的人想见我？"

"当然不是。"

"那你给我打电话是什么意思？"

"墨非先生，有件事我还没来得及告诉您。"她略作停顿，"萧木还活着。"

"你说什么？"

"萧木没有死。"

"活着？"我嗫嚅道，"她没死？"

"萧木还活着，而且比以往任何时候都活得充满热情。"

"三年前她不是还直播自杀的整个过程了吗？"

"那是个假象，不过是掩人耳目而已。"

"什么才是真相？"

"真相就是萧木并没有死呀！"

"我是说她为什么要假装自杀？"

"对不起，这个我不能告诉您。"

"你到底是谁？"

"这个真的不重要。"

"我凭什么相信你的话？"

"我无法让您相信我。但是，我可以向您保证萧木的确还活着，而且非常希望见您一面。"

面对一个素未谋面的女人的理屈词穷，我唯有在寂静的午夜冷笑。我们都没挂电话，她急促的呼吸一声声传到我的耳朵里。片刻后，我们开始继续交流。这一次，是我先开口。

"她为什么想见我？"

"因为您那篇《寻找萧木》。"

"我出版过几百万字作品，这不过是一篇小文章而已。"

"或许在您眼里仅仅是一篇三千字的文章，但萧木不这么认为。"

"她觉得我写得不好？"

"当然不是。"

"她觉得我写得好要当面感谢我？"

"这个我不清楚。"

"你就是萧木吗？"

"不是。"

"我觉得你就是萧木。"

"墨非先生，我真的不是萧木。"

"那我怎么称呼你？"

"这个我不能告诉您，请见谅。"

尽管我挖空心思绕来绕去，依然没有搞清楚这个女人的身份。

我越来越觉得无聊，心想遇到神经病了。这样的事情，几年前我曾遇到过。

大概是五年前的冬天，差不多一个月时间里，我都会在寒气逼人的凌晨接到一个来自昆明的电话。打电话的是一个女人，声音仿佛被金属磨过似的，每一丝语气都透着疲惫。她不厌其烦地在电话里寻找丈夫，并认定那个失踪十年的男人就在我身边。每次电话接通后，她就让我把电话给她丈夫，说她想与他说句话。她带着哭腔说，我就只想问他为什么走了十年都不回家。我站在如墨的夜色里，瑟瑟地解释自己根本不认识她丈夫。不过，即便我说破喉咙她也不相信。最后，她的声音微弱得难以听清："就让我与他说句话吧，只要说一句话，我就再也不给你打电话了。"

三十多个夜晚，我几乎每夜都准时接到那个陌生女人的来电。在三十多次的纠缠与交锋中，我能够感受到她在泥沼中无法自拔的绝望。可是，我不能给她带去希望。她已经把要求降低到只与丈夫说句话，但这依然是莫大的奢望。不知她是否真的不知道，那个失踪十年的男人的确不在我身边。我曾想找个朋友假扮她的丈夫，对她臭骂一顿或者说些让她彻底死心的话，了却她的心愿。不过，我最终放弃了这个充满戏谑的念头。虽然帮不上她，但我不能伤害一个无辜的女人。

后来，我狠心换掉用了多年的电话号码。

我为什么要这么做？

第一，我受不了那个陌生女人无端的骚扰；第二，我斩断她与我的联系，是为了不让她在歧途中沉沦，或许换种方式真的能让她找到失踪十年的丈夫。

沉溺于幻想中的希望，才是真正的绝望。

五年后这个春天的夜晚，我再一次挂断一个陌生女人的电话，并关掉手机。

一切又恢复平静。但是，平静中却暗藏着焦灼与惶恐。

我在客厅、书房和卧室之间踱着步子，五年前那些凌晨时分的情形一次次在脑海里盘旋，两个陌生女人的影子相互纠缠，交替出现。偶尔，这两个闪烁的身影重叠在一起，幻化成另一个女人模糊不清的样子。

她们到底是谁？她们到底想干什么？我为什么总是一次次遇到这样莫名的事情？

没有答案。

嘴巴干燥得快要冒烟了，我转身到厨房倒了杯水，"咕咚"一下全部灌进肚子里。摔掉杯子，我一头扎进书房，随便拿起一本书便读起来。这本名叫《隐蔽的脸》的小说星期三才买回来，一个字都还没有读。作者没什么名气，至少我还是第一次听说。当时，我仅仅是被书名和封面吸引便买了回来。封面上女人的脸被遮了一大半，性感的嘴唇中含着一丝长发。我喜欢这样的方式，买一本书读一本书都没有任何目的。一时冲动而引发的购买和阅读，是一种无法言表的愉悦。读一本陌生的书，是一趟奇特的探索和旅途。

温柔的夜色和内心的烦躁形成鲜明的对比。手腕上嘀嗒作响的手表指针像一根皮鞭，一次次把《隐蔽的脸》中的文字从我心里赶走。半个小时后，对这本书的所有认识依然只是书名和封面上那张令人遐想的脸。

我站起来，把《隐蔽的脸》放回原位。

此刻是凌晨一点十五分。

虽然最近十年来凌晨三四点睡觉已是常态，但现在我却感到身体快要支撑不住了。我决定不漱口、不洗澡，立即上床睡觉。可是，我感觉有一股神秘的力量在这个夜晚操纵着自己的思维和行为。放好《隐蔽的脸》后，我没有走向卧室。我的眼神不自觉地飘向左边的书柜，慢慢游弋到第二排中间的位置。尽管我不情愿，但目光最终定格在并排放着的两本书上——《世界尽头的奇妙之旅》和《在地狱里唱歌跳舞》。因为这两本书，我才写下《寻找萧木》，因为《寻找萧木》，我才有了今晚的奇特遭遇。

这两本书设计笨拙、装帧简陋，却散发出无穷的魔力，死死地拽着我的双脚。但是，我心里涌动着的一股强大的力量，与这两本书带来的诱惑形成了强烈的对抗。一番拉锯之后，我紧闭双眼离开了书房，把沉重的肉身丢在床上。

可是，我翻来覆去难以入眠，萧木、那两部小说和突如其来的电话，在脑海里翻滚出巨大的热浪，轮番冲击着我。我一次次告诫自己，世界并不存在操纵大脑的神秘力量，摧毁我睡眠的完全是自己作祟的心思。我越是暗示自己放下杂念早点入睡，我的意识就越清醒。我还在琢磨那个打电话的女人，我还在回味萧木和那两部小说。小说中的主人公和鲜活的细节，不失时机地撞进我的心头。更不可思议的是，两部小说偶尔会在我的脑子里混为一谈，主人公和故事情节相互交错、重叠，演绎成另一部不存在的作品。

折腾一宿，天还未完全放亮时我便起床。在稀薄的晨曦中呆坐大半个小时，直到第一丝阳光从窗帘渗进来后，我才起身去厨房倒开水。几口热水下肚，我逐渐从疲乏中缓过神来。撩开窗帘，我心思散漫地盯着楼下的小巷子，一个老人挑着蔬菜晃晃悠悠地走过去，背影落寞、萧瑟，没有春天的气息。我感觉自己每次失眠早起，都会看见这么一位挑着担子的老人。相似的背影，相似的步伐。只是，我不清楚他们是否是同一个人。

折身回来，我在屋子里来回转悠。不想做饭，不想读书，更没有心思写作。《给你的情书》中断已久，但总是没有再次提笔的勇气。就像一场历经煎熬的感情破碎后，无论怎样都难以续上。作为一个曾经声名大噪现在前途黯淡的作家，我无数次暗下决心，此生最后一部作品《给你的情书》一定要完成。但是，如今我似乎早已将这部献给最爱的女人的作品忘记。我一次次敦促自己，但又一次次放弃。

次日早晨，我从枕头下摸出手机，打算看些稀奇古怪的信息打发时间。但是，原本就糟糕的心情瞬间被一团霉味包围。

手机刚打开，就弹出一条短信。我一看号码，脸就沉了下来。短信是昨天晚上那个女人发来的，因为关机，所以我难以判断她发短信的具体时间。我不知道是否后悔阅读了这条短信而不是直接删除，但是，从此以后我的生活彻底被改变了。这条短信把我带上另一条道路，遇见了从未遇见过的人，听到了从未听到过的故事，过上了从未想过的生活。

我一字一句地读着这条短信："尊敬的墨非先生，我知道贸然给您打电话不妥，也理解您愤然关机的心情。所以，我想给您发条短信是最好的方式。萧木很感谢您写的《寻找萧木》，她觉得非常精彩。现在，她仅仅是想见您一面，别无他求。我相信您会赴约，因为我能感受到您对萧木作品的热爱。所以，请您记住她的住址：幸福大街槐树巷 66 号。从此以后，我再也不会打扰您了。至于我到底是谁，您不用知道。或许，将来您也会知道。祝您身笔两健！"

这条短信我只看了一遍，一股莫名的怒火在胸中燃烧。然后，我把它删了，并把这个手机号码设置到黑名单里面。可是，那些文字仅仅是从手机里消失了，却如一枚枚生锈的铁钉，顽强地扎在我的脑海里。从早上八点到中午十二点，那些文字在我脑海里一次次出现，像绚烂的花朵那般充满诱惑。

即便我答应与萧木见面，但是，心中依然有很多疑虑。

萧木如此急于见我，真的仅仅是因为我心血来潮而写的《寻找萧木》？如果她真的想表达感激之情，为什么不亲自给我打电话？她为什么要把见面地点定在她的住所，而不是某个茶楼或者咖啡馆？

# 3

半年前的一个深夜，作者署名萧木的《世界尽头的奇妙之旅》和《在地狱里唱歌跳舞》莫名其妙地出现在我家门口，我开始感觉到一些诡异。萧木不是已经死去了吗，这又是哪里来的书？

那时候还是冬天，这个城市降下十年不遇的大雪，街道和高楼被茫茫的白色笼罩，每个人都沉浸在喜悦和兴奋里。楼下狭窄的巷子完全被小孩子占领，他们忘情地享受着上苍的恩惠。整个下午，我伫立在窗口，出神地看着那些欢快的孩子们，脑海里浮现出小时候与伙伴们堆雪人、打雪仗的场景。三十多年随风而逝，这样的记忆依然如此美好。只是，自从我离开村子后，再也没有见过当年一起在雪地里飞奔与追逐的玩伴。

晚饭后，世界终于安静下来。雪还未完全融化，昏黄的灯光渗着寒意。我枯坐在书房里阅读墨西哥作家胡安·鲁尔福的《佩德罗·巴拉莫》，飘忽不定的行文和天马行空的想象，让我大脑一片混乱。看到第三十三页时，我合上书关掉灯，在万物寂静中陷入沉思。

门铃响了。

我没开灯，窸窸窣窣地来到门前，开门后立即转身重新回到书房。"砰"的一声，门重新关上。高跟鞋的声音在大雪之夜格外清冷，地砖散发出寒光。

"怎么不开灯？"

"灯光太冷，漆黑能让我感到温暖。"

"这是我有生之年看过的最大的一场雪，当然很冷。"

"但是，现在还不是最冷的时候。等到化雪时，天气更冷。"

"是吗？"

"就像婚姻与爱情一样，破裂时尽管很惨烈，却不是最痛的时候。真正痛不欲生是在后来的某个夜晚，蓦然想起曾经的快乐时那种空荡、无助与绝望。"

希亚没有接我的话，也没有开灯。整个屋子依然一片漆黑。她换掉高跟鞋，穿上拖鞋朝卧室走去，步子绵软而匀称。片刻后，我听见空调的呼呼声。我点了一支烟，贪婪地抽着。她来到我身后，把烟从我的嘴角拿走，摁灭在烟灰缸里。

"把烟戒了吧，对身体不好。"

我透过窗户凝望苍茫的夜色，没吱声。

这是最近一年来我和希亚说话最多的一个夜晚。以前，她每次来后，我们都是直奔卧室。脱衣，上床。一番激情之后，她穿衣出门，我躺在床上陷入虚脱。整个过程，我们一言不发。我们就像两个被操控的玩偶，按照某种程序机械地完成既定的工作。不知从什么时候开始，我们开始说些不着边际的话，没有主题，没有逻辑，无头无尾，就像电影里某个片段的对白。今晚，我们的对话第一次这样充满温暖和情调。

我和希亚离婚后，这种无声的性爱已经维持一年多了。

　　两年前，我在若童安葬之后便只身去了云南。那段时间，我对蜀城的厌恶达到极点，感觉它的每一丝空气都藏着失落与悲伤。离开蜀城前往云南，我既是想逃离悲伤之地，也是想在若童曾经生活的城市寻找她的足迹。这或许是我能想到的最好的疗伤方式。我并不奢望能够在那个陌生的地方找到若童曾经的生活痕迹，因为她在云南的三年过着隐蔽的生活。只是，我内心有一股强烈的冲动，必须踏上那片土地才能安静下来。在列车上，我便迫不及待地创作《给你的情书》，这是我献给若童的礼物，也是我们爱情的延续。作为一个作家，我能为死去的爱人做的事就是为她创作一部作品。

　　在轰隆隆的火车上，我不断回忆若童对我描述过的生活，把记忆中的时间、地点、人物以及那些模模糊糊的事件重新梳理，一笔一画地记在笔记本上。一幅朦胧的图画，随着回忆在我心中舒展开来。我期待着与若童足迹的重逢，憧憬着人们说起她时的表情，任何微不足道的信息，都会让若童的形象日渐丰满。现在想来，我与若童的感情就像一场短暂的梦。梦醒后，那些温馨、刺激和本该回味终生的场景被某种化学药水漂洗得斑驳不堪。我必须借助外力，才能在内心重塑所爱之人的形象。

　　一天一夜之后，火车终于带着我来到若童曾经藏身三年的地方。

　　我穿梭于若童短暂生活过的城市，呼吸着她曾经呼吸过的空气，行走在她曾经走过的街道，专注于她曾经看过的花草树木。这里阳光明媚，空气稀薄，天空低得触手可及，云朵在头顶飘浮，但是，再美的风景都无法安抚一个内心空洞的人。

在精疲力竭时，我来到一幢年代久远的楼房前。此时天色已晚，暮气沉沉，整幢楼像一个年老色衰的女人。我伫立在单元楼前，迟迟不愿抬脚上楼。我情绪十分低落，有点后悔千里迢迢来到这里。此刻，我恍然大悟，无论我在云南获得什么，对于破败的情感和死去的爱人都于事无补。即便我能找到若童在这里的生活轨迹，但是，忘记伤痛最好的方式是遗忘，而不是永远记得。迟疑十来分钟后，我终于迈出上楼的脚步。但是，我已不抱任何希望，硬着头皮敲响房门仅仅是因为我已经千辛万苦来到了这里。

开门的是一位二十来岁的女孩，顶着一头紫色头发。即便脸上化着浓妆，依然挡不住热情洋溢的雀斑。她的眼睛很小，但对我这位不速之客表现得足够警惕。她倚在门前，刻意用瘦弱的身体挡住我的视线，双眼在我身上睃巡。我看不清她背后房间内的景象，只好把眼神集中在她身上。我们的目光交会在一起，互不相让地盯着。半晌，我们都尴尬地笑了笑。

我用生涩的普通话简明扼要地表达自己上门打扰她的原委。她那双小眼睛慢慢变大，放出两束疑惑的光。她告诉我自己与若童并无交往，只是听以前一起租房的女孩提起过。

"那个女孩现在在哪里？"

她摇摇头："有一年多没有看见她了。"

"电话号码还有吗？"

她继续摇头。

"微信呢？"

她还是摇头。

"QQ呢？"

"所有联系方式都没有了。"她不再摇头，紫色头发遮住了雀斑比较多的那半张脸，比先前略显妩媚。

她明确表示现在是一个人住，不愿意让一个陌生人进门。我理解她，但不打算就此放弃。我喋喋不休地对她说自己是若童的哥哥，此次前来寻找妹妹生前的一些片段。我希望以此博取她的同情，好让我走进这间逼仄而简陋的房间。

"她死了？"

我点了点头。

"怎么死的？"

"自杀。"

"蠢货。"她轻声说。

我没接话。

她怔怔地看着我，带刺的眼神穿过稀薄的夜色。良久，我终于通过了她的审视。她侧身让出一个过道，我小心翼翼地从她身边走了进去。我踏着水泥地板，绕过那张堆满衣物的椅子，在简易沙发上坐下。我坐定之后，她才慢悠悠地把门关上，转身回到客厅，远远地站着。我打量着这套房子，简陋、陈旧得仿佛置身于某个久远的年代。她冷冷地看着我，告诉我现在这间房子与若童居住时并无明显变化。"我每天忙得跟苍蝇一样，所以从来没有认真收拾过。"她尴尬地笑着，"租来的房子，就是一个临时的窝。"

"即便是租的房子，也要收拾得温馨一点。"其实，我想说干净，却没有说出口，"这是临时的家。"

"背井离乡的人谈什么温馨。"半晌，她才挤出这么一句，"有几个不是伤痕累累？"

我立即想起若童，难以抑制的悲伤涌上心头。呆坐在沙发上，我局促得不知所措。她给我倒水，我说不要；她提议给我泡方便面，我说刚吃过。她讪讪地摇头，似乎看穿了我根本就没有吃饭。

"我就只有一个要求，把你知道的若童的一切都告诉我吧。"我说，"知道多少就说多少。"

"这个没问题。"她说，"不过，真的不多。"

我仔细地听着，直到她全部说完也没插一句话。从那些类似于呓语的话中，我知道若童在云南的日子没有一天是安稳和快乐的。这不是旅行，这是放逐，把身体和灵魂交给无尽的孤独和漂泊。蜀城有她的家和深爱的男人，同时也有她厌恶的养父和嫉恨的姐姐。那样偌大一个城市，却没有若童的容身之地。在懦弱的爱人面前，她能做的只有退却；在炽热的爱情面前，她唯有带着伤痛远走他乡。

若童在云南仓皇不安，居无定所。我现在身处的这套房子，是她居住最久的场所，其实也不过区区五个月。其余时间，她总是奔走于各个旅馆，或者与人临时合租房子。三年里，若童总是蜷缩在凌乱的房子里，不看电视，不看报纸，没人知道她到底在干什么。她没有做过任何像样的工作，几乎没有熟络的朋友。我冷不丁地听到"李易"这两个字，没错，这是我的名字，这个紫色头发女孩说："别看那个男孩身体很瘦弱，却拥有保护她的男子气概。因为他是那样爱她，不想她受到任何伤害。可是，那个笨蛋却死死地爱着自己的姐夫。你说，一个已婚男人有什么稀罕的？"

我咬着嘴唇，斜着眼睛瞟了她一眼。

"大作家又怎样？别以为他写的狗屁小说里充满柔情蜜意就是个情种，其实是个孬种。"她撩起紫色头发，"大作家欺骗了她的感情，却不想娶她；大作家搞大了她的肚子，却让她堕胎；大作家口口声声说爱她，却让她一个人在异地他乡哭得死去活来。"

她突然停下来，却有点刹不住车的感觉，激动得气喘吁吁。她与若童从未见过面，更谈不上有什么交情，为何却如此同情一个异乡的过客？我怀疑她已经猜到我根本就不是若童的哥哥，而是那个在她看来禽兽不如的作家。所以，她的每句话都刺中我的心扉，让我心跳如雷、脸皮发烫。半晌，我缓缓抬起头，目光呆滞地看着眼前这个陌生而遥远的女孩。

"没啦，就这些了。"她说，"其实，这些我也是听以前一起租房子那个女孩说的，不知道是真是假。"

我点点头，没有接话。

"你觉得若童是不是很悲哀？"接着，她又问，"那个作家是不是王八蛋？"

我焦虑地坐在沙发上，无地自容地盯着褐色的水泥地，遗憾没有缝隙让我钻进去。气氛很怪异，我们就像情侣吵架后冷战一样，各自待在一边。不知过了多久，我终于鼓起勇气站起来。我说："我该走了。"

"其实，我也帮不上你什么。"

"我觉得这就够了。"

我默默地退出房间。

双脚迈出房间的那一瞬间，我下意识地回头凝望，清冷的灯光和简陋的摆设，吞噬了关于家的所有幻想。那台老旧的电视机前，一枝花奄奄一息地歪倒在塑料瓶子里，灯光投射到瓶子上，瓶底混浊的水像垂死的老妇人流下的眼泪。

　　若童在此居住了五个月，我却只停留了二十分钟。这种时空错乱的相逢，让我心绪凌乱。我匆匆告别，一路跑下楼去。走在陌生的街道，我已记不清是否跟那个女孩说过谢谢。街上车少人稀，夜晚冷清得让人恐惧。我胡乱地走着，在十字路口随意转弯，感受着陌生之地的空寂。后来，疲惫的我走进一家宾馆，躺在床上一觉睡到天亮。

　　接下来，我继续重走若童到过的每一个地方。可是，我没有再遇见任何一个知道若童的人。我去过她驻留过的湖泊，看过她欣赏过的画廊，在她曾经买醉过的酒吧大醉一场，在她留宿过的旅馆的同一张床上睡觉。我还记得那个名叫"宾至如归"的旅馆，房间号码"618"是唯一看着心里舒服的地方。只是，我去过的地方越多，记忆就越模糊，每一道门或每一扇窗，都能够轻易地抹去埋藏在心底的记忆。后来，我不敢再继续走下去，担心若童的形象最终会化为乌有。有几次，我已经坐上开往目的地的车，却又在中途打退堂鼓放弃了。

　　一个星期后，我失落地回到蜀城。看着熟悉的客厅、书房，以及曾经给我带来荣耀的作品，我内心一片茫然。我已变得不再是我，但不知道到底变成什么样子了。接连几天，我端坐在书房里陷入长久的沉思，在乱如麻的思绪中寻找曾经的自己。不过，我成了一个遗忘症患者。我一遍遍问自己，我到底是谁？我拥有什么？我将来还想要什么？

答案被充斥着尘埃的空气带向不知名的远方，独留我在沉闷的屋子里怅惘。

后来的一天，希亚神不知鬼不觉地回来了。

那是个黄昏，天边的夕阳正慢慢从窗边溜走。她兀自开门进屋，低头不语地穿过客厅，埋着头在卧室里忙来忙去。我没有问她这段时间去了哪里，她也没问我在云南是否找到自己想要的东西。那是个尴尬的夜晚，我们没有分床而睡，身体间却隔着一道冰冷、坚硬的无形之墙。结婚八年的夫妻，竟然找不到一句想要向对方说的话，哪怕是一句敷衍了事的问候。

第二天清晨，第一缕阳光还未照进来时，我便向希亚正式摊牌，决绝地提出离婚。她有点不相信自己的耳朵，但是看着我毫无回旋余地的表情，最终还是接受了这个事实。我答应了她所有要求，唯独提出这套房子要留给我。希亚盯着我看了半天，不仅慷慨地答应离婚，而且属于我的财产她分文不要，这些年我所得的版税全部归我。

我拿出早已准备好的离婚协议书，她强忍着情绪，闭着眼睛签了字。

落笔的一瞬间，她抬头望着我，面无表情。我想挤点笑容送给刚刚成为前妻的女人，但轻松是装不出来的。面部肌肉抖动几下，我的表情又归于僵硬。八年了，漫长的坚持终究崩溃，一度主导我维系婚姻的知遇之恩最终土崩瓦解。

我恍然大悟，恩情终究不会演变成爱情。

从民政局出来，我们各自拿着属于自己的离婚证，朝相反的方向消失在街的尽头。既然感情结束各奔东西，为何还要保留一个刺眼的离婚证？转过第三条街时，我随手将对折得皱皱巴巴的离婚证丢进垃圾桶。

奇妙的是，离婚证能够轻而易举地丢掉，那个曾经同床共枕的女人却难以摆脱。

离婚后的第一个星期六，希亚在傍晚时分敲响曾经属于她的家门。透过门镜看到她后，我连续做了几次深呼吸，愁眉苦脸地想她来干什么。尽管我极不情愿，但还是开了门。我想，或许她是来拿某件遗留的东西：一件衣服、一双袜子，或者某本遗落的图书。可是，直到离开时希亚也没有打开过任何一扇柜子的门。我坐在书房里，翻一本看过无数遍的小说。我感觉东野圭吾把毕生的才华都挥洒在这部作品中了，自从与这部小说相遇之后，再读他别的任何作品都觉得缺少一点味道。希亚不说话，独自沏好一壶茶，在我对面坐着。我的眼神始终没有离开书本，但是，我能感觉到她时不时会瞟我两眼。我告诉自己，坚决不给她任何回应。

两个小时候后，希亚起身离开了。

关门声很轻，以至于我怀疑她还没有下楼。我侧着耳朵听了听，客厅里并无响声。于是，我蹑手蹑脚来到门前，在门镜上瞅了半天。楼道里一片漆黑，我才确定她真的已经离开。

返回书房后，我反而没有心情读书了。我打开电脑在网上溜达，试图看些体育新闻来冲淡希亚突如其来留存在我脑海里的疑虑。可是，就连我喜欢的足球队切尔西的新闻，也提不起我的兴致。看到切尔西在与伯恩利的比赛中遭遇裁判不公正的判罚后，心里更是堵得慌。我索性关掉电脑，怏怏然地躺在床上，迷迷糊糊地睡了。大概一个小时候后，我在一个已经记不清的梦中醒来，再也无法入睡。

第二个星期六，希亚又来了。

我依然坐进书房里。这一次，我连拿本书装模作样的心情都没有了。我一会儿打开电脑上网，一会儿在书柜里东翻西找，其实我根本就不需要寻找什么。希亚不再像上周那样呆坐着喝茶，而是在屋子里转悠，时不时把凌乱的物品收拾一下。

两个小时后，她默然地离开了。

第三个星期六，她开始为我倒茶。

第四个星期六，她开始为我做饭。

以后的每个星期六，希亚都如期而至。不过，我们从未说过一句话。但是，她重新找回了主人的感觉，若无其事地在这套房子里生活，尽管每周大约只有两个小时。奇怪的是，当事态发展到无法收拾的局面时，我才想起自己为什么没有拒绝她？为什么没有直接将她挡在门外？

夏天的时候，我和希亚的关系发展到上床。

那天晚上，她突然来到书房，从背后抱住我，在我耳边轻吻。我没有抵挡住久违的温存。那是一种奇怪的感受，有些慌乱却难以抗拒。短暂的惊讶后，我便迎合了她。我们相拥着来到卧室，在曾经无数次翻云覆雨的床上激情肉搏。空调气喘吁吁地吹着冷气，我们汗流浃背地翻滚。结束后，希亚直接冲进卫生间洗澡，然后不声不响地离开。

这种沉默的周末激情一直持续到大雪纷飞的冬季，希亚离开之前对躺在床上喘气的我说："我走了。"

"嗯。"我盯着曾经挂结婚照的墙壁发呆，看都没看她一眼。

一股莫名的荒诞奔袭而来。

听到关门声后，我立即从床上弹起来，冲向门口想要拉住希亚。我并非想要挽留她，更没有复婚的念想，我只是想告诉这个离婚后依然与我保持性关系的女人，我们结束这样的关系吧，我们不应为任何人委曲求全。可是，当我呼啦一下打开门时，冷风袭来，空空如也。我怅然若失地站着，楼道里一片寂静。

我摇摇头正想关门时，却发现墙脚边有一个包裹。包裹四四方方，用牛皮纸封得棱角分明，和我以往买书时收到的包裹一模一样。不过，我最近没有在网站购买过任何东西。即便是买了东西，快递人员也不会如此不负责地丢在门口。我远远地看着，猜想里面到底是什么东西。

转身返回屋内，我在沙发上坐了十来分钟。但是，我无法安静下来。虽然隔着一道厚重的门，但我总觉得能够看见外面墙脚的那个包裹。它就在我眼前晃来晃去，像个幽灵一样出现在沙发、茶几和电视柜上。偶尔，它也会飘过客厅，落在餐桌上。我抽完烟盒里最后一支烟后，极不情愿地打开门。包裹还在原地。这家伙就像长了一双眼睛，此刻正盯着心慌意乱的我。

我把蓦然而至的包裹捡回来放在茶几上。此刻，我才清晰地看见上面写着"墨非先生收"五个字。但是，上面没有寄送者的地址、姓名和联系方式。字是打印体，我看不出笔迹。即便是手写体，我也没有心思猜测背后的人是男是女，以及对方到底有何贵干。自从若童离家出走三年后突然返家，接着又莫名其妙地死在我的床上后，我的人生就充满了各种奇遇。废墟探险、惊慌逃亡、与前妻的周末激情，每一件事都违背我的意愿，但我又无力掌控。我已经习惯并接受了这种荒诞不经的生活。

萧木的《世界尽头的奇妙之旅》和《在地狱里唱歌跳舞》就这样出现在我的生命中，并给我这样一个穷途末路的作家带来巨大的惊喜。与书店里花花绿绿的图书封面不同，萧木的两本书没有任何创意设计。《世界尽头的奇妙之旅》的封面是绿色的，《在地狱里唱歌跳舞》的封面是黑色的。两本书的封面上除了书名和作者名字之外，别无其他。内文版式设计呆板、制作粗糙，随便一翻便可看到灰尘掉落。我下意识地查看版权信息，想知道到底是哪家出版社的设计制作水平会糟糕到如此地步。让我略感意外的是，这两本书都不是正规出版物，只是在街边小店打印的纸质读物。

我的阅读对象大部分集中在经典名著，很少关注籍籍无名的作品。以前，希亚常常带回一些无名小辈的作品让我写序，希望借我的名气推销她策划的图书，多卖几本书多赚几个钱。但是，我从来没有看过任何一本。我让希亚自己写而且不用给我看，署上我的名字直接出版。但是，那天我却像着了魔一样，对萧木的两本小说充满好奇。

躺在沙发上，我迫不及待地阅读《世界尽头的奇妙之旅》和《在地狱里唱歌跳舞》。

厚重的窗帘遮住寒夜里微弱的月光，客厅里一片昏黄。随着一页一页地翻阅，我的内心越来越敞亮。那些萍水相逢的文字如一盏盏街灯，给寒冷的冬夜平添了一丝丝温暖。第二天凌晨太阳刚刚升起时，我才读完萧木的两部作品。

无论是《世界尽头的奇妙之旅》还是《在地狱里唱歌跳舞》，萧木的每一个字都充满魔力，即便是一个标点符号，也在向我倾诉着那些伤感的故事。我永远记得第一次阅读萧木的文字时我内心的震撼，《世界尽头的奇妙之旅》第一句是这样写的："我站在世界的尽头，脚下的路慢慢铺展开来。一切都已结束，一切又才刚刚开始。"

《世界尽头的奇妙之旅》和《在地狱里唱歌跳舞》篇幅都不长，十来万字。但是，我却用漫长的时光来反复阅读。我从来没有如此缓慢地阅读过其他任何文字，我专注于萧木构建的世界里的每一个细节，担心一不留神便错过那些隐秘而绚烂的火花。读完《世界尽头的奇妙之旅》，我便急不可耐地读《在地狱里唱歌跳舞》；读完《在地狱里唱歌跳舞》之后，我又立即重读《世界尽头的奇妙之旅》。在那些寂寥的日子里，我坐在寂寞的黄昏和稀薄的晨曦中，如痴如醉、循环往复地读着萧木精雕细刻的文字。

来历不明的萧木和她的文字，在那个冬天占据着我的内心，让我度过了有生之年最温暖的冬季。

4

萧木到底是一个怎样的人？

萧木的简介非常粗略，透过两行字，我只能知道她是一个痴迷于写作的女人。我不清楚她的年龄、长相，更不知道她的人生历程。很长一段时间里，我的脑海里有无数个想象中的萧木。她的形象变幻无穷、飘忽不定，时而清晰时而模糊。后来，这些想象如一缕清风消散在明朗的天空，却换来另一个根深蒂固的形象：萧木坐在书房里，废寝忘食地阅读、创作，她穿梭于自己构建的另一个世界，全然忘记现实的一切。后来，坐在书房里的那个人变成了我自己。这样的错觉让我感到温暖、欣慰的同时，也被无奈深深地包围。这些年来，我使出浑身解数也无法回到曾经激情澎湃的创作氛围中去。作为一个知名作家，我如今却只能把灵魂附在一个想象的女人身上。

　　我开始发疯地搜寻关于萧木的一切，包括她的作品和关于她的报道。名叫萧木的人很多，有的是笔名有的是真名，大部分是男性。我一个一个地筛选排查，滤掉那些外企经理、建筑工人、网店经营者和酒店服务员等，几乎找遍了所有人，却唯独没有找到一个女作家。

　　奇迹在我快要放弃时出现了。

　　作家萧木的消息终于浮出水面，而且让人非常吃惊。我在大海般的网络中发现：萧木已经于三年前死于自杀。那些零零散散的文字透露，萧木生前并未出版过任何作品。我认真看过萧木自杀的视频，没找出任何能够说服自己萧木还没死的理由。我看着下面有医生信誓旦旦地说萧木几无生还的希望时，整个人都变得狂躁不安。这样一位有才气的女子，怎么会选择自杀？难道她像诗人海子一样，真的对这个世界失望了吗？

　　既然萧木已经死了三年，那么，是谁把她的作品放在我的门口的？这么做的目的又是什么？

短暂的惊讶后，我坠入另一种寻找中。我不相信萧木只写了《世界尽头的奇妙之旅》和《在地狱里唱歌跳舞》，我还想看到她更多的文字。可是，我用了好几个星期也没有找到萧木的其他任何文章。

就在我失落之极时，一条微博引起了我的注意。

这个名叫"寻找萧木"的微博，每隔一段时间就会发布一条寻人启事。文字千变万化，但主题只有一个，那就是寻找萧木。我用了一整天时间耐心地查看，博主三年来总共发布了两百多条微博，所有内容无一例外地在说只要提供萧木的相关信息就必有重谢。

我的脑袋嗡嗡作响，一长串疑问在心里蠕动。

自从《世界尽头的奇妙之旅》和《在地狱里唱歌跳舞》突兀地出现在我面前后，我发现自己像是掉进了一个陷阱。这种感觉慢慢在心底发酵，然后转化成一种强烈的探求真相的冲动。我想弄清楚博主与萧木之间到底是什么关系，我要解开他们之间隐藏的秘密。于是，我开始通过微博给对方发送私信。

最开始，我略显笨拙和紧张，用刚刚注册的新账号直截了当地询问对方的身份。结果，十几条私信石沉大海。后来，我意识到这种方法适得其反。警惕是动物的本能，只有傻子才会坦然面对陌生人致命的询问。我尝试着口气温和、拐弯抹角地与对方谈论萧木。不过，无论我说什么，对方都没有回过信。"寻找萧木"已经很久没有更新，我一度怀疑它已经荒废。正当我感到极度失落时，"寻找萧木"在第二天凌晨发布了一条新微博。微博的内容是这样的："我知道你还在这个世界。无论你是否想见我，我都在等待你的出现。"

那段时间，我强迫自己时刻关注"寻找萧木"这个微博，尽量不错过任何一条新信息。因此这个账号的新信息发出来半个小时后，我就看见了。当时，我心潮澎湃，手忙脚乱地再次向他发送私信。这一次，我用很长一段文字编造了一个故事，告诉对方自己阴差阳错地认识了萧木，并知道这个穷途末路的女人现在身在何处。我故意把萧木描绘得狼狈不堪，如果她真的没有死去，那么一定是在流浪和逃亡。我自信满满地等待着回信。既然对方的目的是找到萧木，那么他就不会放弃任何一个线索。

即便我使出撒手锏，还是再一次失望了。我每天查看微博，却从未收到一封私信。

整个冬天，"寻找萧木"都处于沉睡状态，没有发布任何文字。每天一觉醒来，我都会上网查看，却始终没有盼来只言片语。

第二年春天，在一个微风吹拂的晚上，当我再次阅读完萧木的两本书时，突然想写一些关于萧木的文字，于是，便有了这篇《寻找萧木》。

《寻找萧木》是一篇无法界定文体的文章，糅合了随笔和书评，但更像是我的喃喃自语。文章里有对萧木作品的梳理和表扬，更对她的英年早逝而感到遗憾。这篇文章的主旨并非是寻找萧木这个人，而是寻找她更多的文字。人死不能复生，但文字却能永恒。我隐隐觉得萧木留在这个世界的文字，绝不可能只有《世界尽头的奇妙之旅》和《在地狱里唱歌跳舞》这两部作品。

一次次修改后，我把《寻找萧木》发表在博客上，结果引起轩然大波。这篇文章短短几天被转载了几百次，评论上万条。接下来的几天里，萧木不可思议地进入大众的视野，全国各地的媒体蜂拥而至。不过，我谢绝了所有媒体的采访要求。面对全国各地记者打来的电话，我都毫不留情地告诉他们，关于萧木的一切，我都在这篇文章里表达了。

大约十天后，我接到一个自称是出版公司老总的电话。我问他是谁，他绕着弯子不回答；我问他从哪里知道我的联系电话，他含含糊糊说不清。最后，我极不耐烦地说："我已经六年没有创作了。"

"墨非先生，我不是要出版你的作品。"

"那找我干什么？"

"我想出版萧木的作品。"

"你想出版萧木的作品，那你找我干什么？"

"我想请你帮我联系萧木。"

"难道你不知道她三年前就死了吗？"

"其实，她并没有死。"

"既然你知道她没有死，那就麻烦你去找一找吧。如果你找到她了，顺便告诉她，我也在找她。"

对方支吾半天，然后默然挂断电话。

没过多久，消息淡了下去，几乎没有人再关注《寻找萧木》这篇文章和隐藏在其背后的那个已经死去三年的女作家。一切归于平静，萧木和她的文字好像从来没在这个世上存在过。后来的一天晚上，我发现"寻找萧木"的博主给我发了一封私信。我早已失去之前的期待，漫不经心地打开后，发现里面写着这样一行字：感谢你为她做的一切。

我冷笑一声，没有回信，并取消了关注。

从此以后，虽然我依然热爱萧木的文字，但她已慢慢从我心中淡去，直到半年后这个陌生女人的电话，才重新勾起我沉在心底的记忆。这段时间以来，我在努力续上《给你的情书》，希望有生之年能够完成。可是，突如其来的电话轻而易举地打断了我的思路。萧木的文字再次从心底泛起，精灵般地召唤着我。

虽然那条短信从我的手机里消失了，但是那段文字却一直在提醒我，我喜欢的女作家萧木想要见我，尽管我知道，萧木已经死去三年了。整个上午，我六神无主，坐立不安。无论做什么，脑子里都浮现出幸福大街槐树巷 66 号这个地方。我对那里并不陌生，离我家步行只有二十分钟路程。在失去创作灵感时，我喜欢在大街上漫无目的地行走。有几次，我曾在幸福大街槐树巷 66 号门口徘徊，眼神迷离地望着一幢幢老旧的房屋发呆。

难道萧木真的还活着？

难道三年来萧木一直就在我身边？

# 第二章　绝望收藏室

## 1

我从客厅到书房，从书房到厨房，来来回回，坐立不安。简单的几个房间，竟然变成一个迷宫。无论我怎样强迫自己安静下来，那条短信都像某种病毒一样潜藏在血液里，提醒我：我可能染上了一种不知名的病症。

中午时分，我终于出了门。

我不知道去哪儿，但确实不想在家里待着。下楼后，我径直朝小区外走去。秋风萧瑟，落叶枯黄，爱美的女人们还穿着裙子，高跟鞋踩着满地黄叶沙沙作响。我在街边的花台上坐下，落寞地看着行色匆匆的人们。离婚之后，我像是来自另外一个星球的异物，与这个世界脱离了联系。如果不是萧木以一种奇特的方式进入我的生命，此刻我应该一如往常那般闷坐在书房里。我对书房特别依赖，文字和纸张营造的空间，是这个白云苍狗的时代最温暖的地方。

一个老人抱着一个小女孩从街对面走过来，又旁若无人地从我身边走过去。小女孩趴在老人的肩上，一直对着我微笑。看着她浅黄色的头发和清澈透明的眼神，无动于衷的我像一座腐朽的雕像。当老人和女孩消失在转角时，一种前所未有的温暖在我全身涌动。如果我有个女儿，应该就是这个模样：皮肤白皙，眼神清澈，一头蓬松而卷曲的头发，笑起来脆生生的，脸上总会绽放两朵花儿。遗憾的是，我和希亚没有诞下一男半女，若童肚子里的孩子，也被我狠心地要求打掉了。

我像中了邪一般跳起来，伸长脖子望向街的尽头，眼神四处游弋。很多人走来走去，唯独不见那个抱着女孩的老人。我失落地站着，身体摇摇晃晃，不知何去何从。半晌，我才慢悠悠地向前走去。我知道已看不见那个天真无邪的小女孩，但还是无法停下追寻的脚步。

每一条街道我都熟悉，但过往的记忆又如空中的风筝那般难以控制。曾经走过的路和光顾过的小商店，就像一本读过的旧书，连故事梗概都已模糊不清。

我穿过香樟大道，走过陈家巷，在国荣东路右拐进入幸福大街。我之所以右拐，仅仅是不想等红绿灯。此刻，我不想让自己停下来，即便是脚步慢如蜗牛也愿意一直朝前走。这样的慢走能避免我的思维凝固，否则我会休克。幸福大街很长，街边高楼耸立，被称为"金融一条街"。虽然十年前这里也叫幸福大街，但那时两旁房屋低矮、老旧。如今，幸福大街早已脱胎换骨，旧日的模样不复存在，只剩几十年的老树每年春天都会枝繁叶茂。

伴随着恍恍惚惚的回忆，我来到一个小路口，径直拐进一条幽深的巷子。这条名叫槐树巷的小巷子隐藏在高端大气的幸福大街背后，或许只有痴迷于老街小巷的人才会发现。我对老旧建筑并无偏爱，当初发现这条巷子仅仅是因为它的僻静。自从我来到这个城市，只有在人迹稀疏的地方，那颗慌张的心才能安静下来。我还记得当时发现槐树巷时的心潮澎湃，就像一个精妙的构思突然在脑海里跳跃。

十年时间带走了幸福大街的市井味道，金融一条街的浮华弥漫在每一寸空间。日渐落寞的槐树巷，终日哭丧着脸。有一次，我在黄昏时听一位佝偻着背的老人说起过槐树巷的陈年旧事。当年拆迁时，有一些在此生活半辈子的人念及曾经幸福温馨的日子不想搬迁，即便开发商承诺原地修建高档商品房让他们返迁，双方依然没有达成拆迁协议。于是，槐树巷便成为幸福大街的一道暗影并永远停留于此。在岁月的摧残下，曾经心高气傲的少女沦落为今日无人问津的老妇。

再一次来到幸福大街槐树巷66号门口，我的情绪非常复杂。我失去了爱人，放弃了婚姻，曾经的大作家沦落到写不出一个字。充满暴戾的父亲给我起的那个带着泥土味道的名字，覆盖了希亚送给我的"墨非"二字。很多时候，我接到朋友打来的电话时，都对"墨非"这个称呼感到茫然。我排斥现在的自己，但是，曾经那个朴实、木讷的小伙子又到哪里去寻找？槐树巷堕落的轨迹，与我的人生相映成趣。我记不清上次来这里是什么时候，只记得当时还充满烟火气息。本地居民和租住的外地人混合在一起，门口摆满了卖水果和蔬菜的摊位，几乎每一扇窗户都飘荡着晾晒的衣物。可是，现在映入眼帘的却是满目沧桑和一片凌乱。抬眼望去，死寂得让人心生恐惧。

我觉得这里已经无人居住，便毫不犹豫地转身离去。离门口大约十米的地方有一个报亭，我曾在那里买过很多图书和杂志。我打算顺着槐树巷走一圈，绕过背后的北巷子回家。路过报亭时，我透过虚掩的门发现那位经营报亭长达十年的老板正在打瞌睡。她歪倒在一堆杂志上，口水顺着下巴直流。我的蓦然出现，让她一个激灵从梦中醒来，直愣愣地看着我。片刻后，她才挤出朦朦胧胧的笑容。

"生意还好吗？"

"好啊。"她猫着腰捡一本掉在地上的杂志，"好得快要倒闭了。"

"经营不下去了？"

"还有哪个买书啊？"她站起来，"现在只能卖点饮料贴补家用，不然早就关门咯。"

我仔细地看了看，狭窄的报亭里放了一个小冰箱，相信她说的是真的。我本来还想问她关了门又去干什么，但终究没有说出口，默然地走开了。


## 2


回到家已是下午三点。怅然若失的我倒在床上，一觉睡到天黑。世界一片寂静。我全身酸软，脑袋昏沉。洗了把脸，我摇摇晃晃地钻进厨房，煮了一碗面条。可是，我只吃了几口。

一切都索然无味。

我点燃一支烟，神情恍惚地下楼。院子里灯光昏幽，夜风清凉。我没有设定路线和目标，可诡异的是，我又沿着几个小时之前的足迹，朝着幸福大街槐树巷66号走去。

幸福大街上每一幢大楼都散发出耀眼的光芒，闪烁的霓虹灯向人们炫耀着这条大街的繁华。高耸的大厦形成一片巨大的影子，完全笼罩住旁边的槐树巷。伫立在66号门口，我才惊讶地想起那条陌生人发来的短信。我摸出手机找了半天，才回想起短信早已被删除。看着屏幕迟疑了很久，我还是决定打个电话。我并不抗拒与萧木见面，但有很多事情还需要详细了解，因为我实在难以相信萧木真的还活着。稀里糊涂过了半生，我不想再做不明就里的事。可是，我听到的却是"您拨打的电话已关机"。这句话如一柄锋利的剑，把夜幕撕开一个裂口，巨大的慌乱和惶恐瀑布般倾倒而下。

奇怪的是，这种恐惧反而激发了我内心的勇气。我把手机放进裤子口袋里，直撞撞地朝66号走去。

整个院子如一个黑黢黢的山洞，安静得能够听到角落里老鼠流窜的声音。夜晚的风挟着飘溢的花香徐徐而来。我长长地吸了一口气，让自己平静下来。抬眼四顾，我发现院子深处某个房间里居然亮着灯。看着66号唯一的光芒，一股莫名的惊喜在心底泛起。

亮着灯的那幢楼靠近院墙，墙外是一个临时停车场。因为夜间无人看守，所以晚上没有车辆和行人。亮着灯的那个窗户很窄，窗帘很厚，灯光混浊得难以看清。我揉揉眼睛，眼神从一楼往上缓缓移动，在五楼停下。那条短信告诉我，萧木就住在这里，但没有说到底是哪个单元和楼层。不过，这是整个院子唯一亮着灯的房间。如果萧木真的住在这里，那么房间的主人一定就是那个已经死亡三年的作家。

没有人逼迫我在这样一个夜晚，前往院墙上写满"拆"字的地方，那条短信也没有任何威胁之词。但是，那个从未谋面的女作家和那团微弱的灯光，却诱使我一步步朝那个房间走去。我心中的忌惮和后悔悄然消失，对未知的探索激发了勇往直前的气魄。我朝院子里漆黑的深处走去，慢慢向那个房间靠近。

楼道逼仄，墙壁斑驳，楼梯扶手大部分已经断裂，好在声控灯还可以用。地上的垃圾告诉我，这里平常少有人走动。走到三楼时，我的心跳开始加剧，鸡皮疙瘩在全身悄然生长。毕竟，阴冷的氛围会让任何一个心智正常的人胆寒。我停下来，局促地站着。此刻，我突然想起以前逃亡时与希亚在烂尾楼里的经历。我的勇气越渐强烈，情绪慢慢平复。我拍拍胸脯，硬着头皮继续往上走，拖着略显沉重、笨拙的双脚来到五楼的门前。

这幢房子总共七层。

声控灯熄灭，我不知道该不该吼一声或者跺跺脚让灯亮起来。我默然地站着，置身于一个巨大的黑洞里，整幢楼仿佛摇摇欲坠。我又想起萧木那部《世界尽头的奇妙之旅》。这个书名搅动了夜的黑色，撩拨得我心潮起伏。前方到底是一趟怎样的奇妙之旅？我心怀忐忑，深深地吸了一口气。

"咚咚咚……"

没有门铃，我只好握着拳头轻轻地敲门。回声在黑夜中蔓延，楼上楼下的灯全部亮了起来。这扇门显然不经常打开，因为我手上沾满了灰尘和铁锈。

无人应答。

"咚咚咚……"

灯熄了又亮。我的手掌被铁锈涂成褐色，锈迹刺进皮肤里，有一种隐隐的疼痛。

"谁呀？"隔着门，声音仿佛被一张抹布缠绕着。

"我是墨非。"我清了清嗓子，尽量不让声音颤抖。

门缓慢打开，悠长的"吱呀"声像是半信半疑中的一声叹息。一个女人探出头来，微笑着说："墨非先生？你是墨非先生？"

"是我。"我感到非常惊讶，原来萧木真的还活着。眼前这个女人，与我以往查询资料时看到的照片一模一样。唯一不同的是，照片上的萧木倒在血泊中奄奄一息，而此刻的萧木在夜色中绽放出优雅的魅力。我补充一句，"你真的是萧木？"

"我是萧木。"她一个劲儿地点头，尴尬地笑了笑，"就是三年前已经死了的萧木。"

"真是不可思议，我遇见了一个已经死去的人。"

"我也觉得不可思议，大名鼎鼎的墨非先生此刻就站在我的面前。"

我带着警惕走进萧木的住所，小心翼翼地跟在她身后。屋子里没开大灯，只有书桌上的台灯发出的微弱光亮。这些光亮顽强地折射到墙壁上，映射出斑驳而沧桑的画面。我坐在那张花布沙发上，局促得像个做了坏事被父母抓住的小孩。

"你怎么知道我住在这里？"萧木为我倒了杯水，"我相信这个城市没有人知道我回来了，更别提知道我住在什么地方。"

"有人打电话告诉我的。"我实在难以让萧木相信这件荒唐透顶的事，"还发了一条短信，明确告知你住在幸福大街槐树巷66号。"

"男的还是女的？"

"一个女人。"

"女人？"她眉头紧锁，"这个女人是谁？"

"我哪里知道。"我差点儿冷笑出来，"她说你想见我，因为我写的那篇《寻找萧木》。"

"那篇文章写得非常棒。每一次阅读，我都忍不住泪流满面。"

"为什么？"

"我从来没想过有人知道我的作品，更没奢望墨非这样的大作家会给予如此高的评价。"

"这个操蛋的时代配不上你的文字，那些评论家都瞎了狗眼。"

"谢谢墨非老师！"

"我应该感谢你让我有机会读到这么好的作品。"

"可不可以……"她支支吾吾。

"什么可不可以？"我疑惑地看着她。

"我想看看那条短信。"她说，"让你到这里来找我的那条短信。"

"我已经删了。"我笑了笑，"一个来历不明的人要我去见一个死去三年的人，我觉得真是见鬼，当即就把短信删了。"

"您原本不想来？"

"我觉得这真是个天大的玩笑。"

"那您为什么又来了？"

我摇摇头，没有回答。

萧木笑了。浅浅的笑容，宛如荷花在午夜隐秘地绽放。

原本少言寡语的我，只得在影影绰绰中坐立不安。尽管萧木鲜活地站在眼前，但是我依然感觉像是一场梦。好几次，我试图站起来告别，结束这趟荒诞的见面。可是，每次我都只是机械地摸一摸衣服的袖口，或者弯下腰整理鞋带，看起来十分滑稽。突然间，我觉得这趟莫名其妙的会面是一个巨大的阴谋。我不认识萧木，她也没有主动请我。在一个漆黑的深夜，我贸然闯进一个陌生女人的房间，仅仅是因为一个电话和一条短信。那个打电话和发短信的神秘女人到底是何方神圣，至今还不得而知。

"最近在写什么？"她来到我面前，挨着我在沙发上坐下。

"什么都没写。"一股沁人心脾的味道传来。萧木的身体散发出令人兴奋的芳香，我悄然地吸了吸。

"怎么啦？"

"没什么，就是没有创作的冲动。"

"大作家墨非也会没有创作冲动？我不相信。"

"创作冲动又不是性冲动，不是想有就有。"

在一个初次见面的女人面前这样说话，无论出于什么心境都有失体面。可是，话已出口，覆水难收。我惭愧得面红耳赤，自嘲地摇晃着脑袋。

萧木没吱声，但我能感觉到她的呼吸有些紊乱。

凉风从窗口挤进来，萧木的体香充盈着房间的每一个角落。我在脑海里疯狂地搜索话题，希望通过交流缓解这种尴尬。只是，我的思维就像是被铁绳捆绑住了。在短暂的时间里，我把这两天从各种渠道获得的信息重新梳理了一遍，但始终都找不到一个适合在此刻一提的事情。口舌笨拙的我差点就想问她用什么品牌的香水，以至于让我神魂颠倒。

"你呢？"最终，我只有继续这个平淡无奇的话题，"还在坚持写作吗？"

"最近什么都没写。"她淡然一笑，"不过，刚刚出版了一部小说。"

在我的印象中，萧木从未正式出版过任何一部作品，所以她的话让我十分惊讶。

"《夜天使》。"她的语速极快，"我想，你应该听说过这部作品。"

我看着萧木，惊讶地问："什么名字？"

"《夜天使》。"萧木神情自若，淡淡地说道。

我陷入沉思。

半晌，我才问道："那部作品真是你写的？"

她微笑着点点头。

两个星期前，很久没读报纸的我在路边小摊买了一份本地都市报。坐在街边花台上，我随意翻看这张以八卦闻名的报纸。在文娱版面上，一篇名为"天使与魔鬼，谁才是黑暗的主宰者"的文章紧紧地抓住我的眼睛。这篇文章讲的就是《夜天使》的故事。

小说的主人公是一位大学女教授，白天在三尺讲台教书育人，夜晚则穿梭于灯红酒绿之中，在众目睽睽之下摇曳起舞。同时，那个气质优雅、笑容迷人的女人，还是商圈里的公共情人，同时与多个亿万富翁保持着关系。最终，女教授的面具被无情地撕下，身败名裂的她躲在喧嚣的城市里，过着隐居的生活。只是，每个夜晚她都会用口罩、围巾把自己包裹得严严实实，在大街小巷里游荡。失去讲台的女教授依然穿梭于这个城市的夜晚，她只有在黑暗中才能找回失去的灵魂。

就在我为这个故事拍案叫绝时，记者的笔锋一转，开始传递这部小说故事之外的信息。记者这样写道：现在人们看到的这部《夜天使》，与四年前在某个网站上连载的同名小说几乎一模一样，唯一不同的是主人公名字和结尾有细微的改变。关键的问题是，作者却不是同一个人。本报记者采访了出版方负责人，却被告知根本就不知道这本书曾在网上连载过。如果存在抄袭，将通过法律手段追究责任。

虽然记者的文字粗糙、叙述笨拙，但我能感觉到他当时在电脑前打字时亢奋的心情。不过，作为一个曾经写过很多精妙作品的人来说，我不得不佩服《夜天使》这部小说作者的才华。我从报道中看到，现在这部《夜天使》的作者署名为"夜天使"。

报道之外，这位记者还写了几百字后记。后记是这样写的："作为一名从事文化报道几十年的老新闻人，我清楚地记得这部作品曾在网站上连载过，但奇怪的是现在搜遍整个网络，也找不到任何一个字。这里面到底隐藏着怎样的秘密？今天的'夜天使'与四年前那个名叫'笑着哭的女人'是同一个人吗？"

那天，我在花台上坐着，没有缘由地说不出话来。我不清楚四年前的故事，也对作者毫无兴趣，但我仰望着深邃的天空，说不出一句话来。

"我还没有机会阅读，但故事架构让我着迷。"我说，"以你的才华，应该是一部非常优秀的作品。"

"我不确定是否是一部优秀的作品，不过……"她看了我一眼，眼神瞬间又拉开，"这是我人生中最重要的作品。"

"为什么这样说？"

"这部作品改变了我的命运。"

"变好了还是变坏了？"

"或许没有好坏之分，只是经历不同而已。"

现在我明白了，"笑着哭的女人"和"夜天使"是同一个人，就是坐在我身边的萧木。那么，她在四年前到底做了什么？我暗自想。我开始相信两个星期前那篇报道中的说辞，或许萧木和《夜天使》真的藏着不可告人的秘密。

"我相信《夜天使》背后藏着只有你一个人知道的秘密。"

"的确是这样。"

"我想听听背后的故事。"话一出口，我便感觉不妥，于是又补充说，"如果不方便，就算了。"

萧木不说话，平静地看着我。她的眼神在我身上睃巡，像是在探寻着什么。

我像个说错话的小孩，拘谨地坐着，不知所措。一个男人，贸然打听萍水相逢的女人的过往是缺乏修养的表现。在萧木眼中，我是她非常尊敬的作家。可是，我今晚一再出格的言论可能会让她感到失望。我红着脸自责，在心底追问自己为何变得如此八卦。

灯光很暗，似乎越来越暗。

"那都是陈年旧事了，我可以敞开心扉全部说给您听。"萧木的语气十分低沉，"不过，我有两个要求。"

"什么要求？"

"首先，您必须为我保密，不能对任何人讲。否则，我们都会有生命之忧。"

"生命之忧？"

"能答应吗？"

"没问题。那第二个要求呢？"

"第二个要求是，我想在下个星期找个白天的时间，我们坐下来慢慢聊。现在我没有时间，因为我每天晚上都很忙。"

"你在写新作品？"我暗自舒了一口气。

"没有。"她摇摇头，"我在做一件非常有意义的事。"

我对这个女人越发好奇，总觉得她会带给人很多意想不到的东西。

"这件有意义的事在下周也可以讲讲？"

"现在就可以。"

萧木"唰"地站起来，把客厅里的灯全部打开。刺眼的光芒让我忙不迭地用手捂住双眼，眼皮突然酸软得没有力气睁开。萧木冷静地站在一边，想笑却没有笑出来。

"怎么啦？"片刻后，她女人味十足地问我，声音中充满牛奶和巧克力的味道。

"没什么。"我抿着嘴半天才说话，"在昏暗中待的时间太长，突然暴露在明亮的光线之下有点不适应。"

我的眼神穿过指缝停落在萧木的脸上，发现她似笑非笑的样子十分可爱。

灯光溢满房间，我扭着头环顾整个客厅，终于看清了萧木生活在一个怎样的空间里。

这套面积不大的房间，与窗户外的槐树巷66号有着天壤之别。任何人站在凋敝、凌乱的院子里，用尽所有想象力都不会想到属于萧木的小房间如此具有情调。没有高档的家具和华丽的布置，但墙壁上十多张来自世界各国大文豪的肖像画，向所有来客宣布这是一位热爱文学的女人。旁边散落着几个简易书架，上面零零星星地放着几本书。仓促之中，我没有看清到底有哪些书籍，恍惚中发现有保罗·奥斯特的《黑暗中的人》和《隐者》。我是保罗·奥斯特的忠实读者，所以对他的书了然于心，闭着眼睛凭借气息也能闻到那些属于他的文字。那张木制茶几上有一座不大的雕像，是一对忘情相拥的男女。古铜色的眼睛十分传神，透出浓浓的爱意。雕像与若童送我的那一尊差不多，看上去它们有着神秘的关联。

我随着萧木来到另一个房间门口。

这是她的书房，映入眼帘的是摆放整齐的图书。书的数量不多，但每一本都被萧木精心地装进书柜里。窗口有一张书桌，上面放着一台笔记本电脑，旁边有个粉红色外罩台灯，以及几本临时用的书籍。

"这是我的私人图书馆。"萧木眉目舒展，即便是她应该明白我的藏书不比她少。

"图书馆叫什么名字？"我终于看清了萧木，与三年前"自杀"时留下的照片相比，眼前的她成熟、稳重，五官谈不上精致，但组合在一起别有一番味道。

"没有名字，但有特色。"

"什么特色？"

"所有书都有一个共同的主题，就是希望。"

"无论主人公的命运多么坎坷？无论故事多么催人泪下？"

"的确是这样，越过所有山丘，终会看到绿洲。"

"无论黑暗多漫长，都会看到黎明的曙光。"

我和萧木会心一笑。气氛变得轻松起来。

"请墨非先生帮我这个图书馆取个名字吧。"

"我想想吧，有好名字了再告诉你。"

"这不仅仅是我的私人图书馆，还是我的工作室。"

"写作的地方？"

"当然不是。对我来说，哪里都可以写作。大街上、小巷里、咖啡馆或者火车上，甚至在马桶上我也能忘我地写作。"

"那你的工作室主要做什么？"

"为所有绝望的人提供希望。"

我被萧木的话彻底震撼了，木讷地看着她。片刻后，她朝书桌走去，倚在窗边向我娓娓讲述着每天在电脑前与来自天南地北的人进行交流的故事。

在最绝望的时候，萧木站在楼台仰望城市的夜空，经历的无数个暗夜一次次在心里划过。萧木心里很清楚，在绝望的泥潭中挣扎的人到底有多么无力与无助。任何一丝微弱的力量，都能拯救陷入泥沼的人。于是，萧木决定在网络上建立一个平台，倾听所有绝望的人生，并给他们带去希望。

萧木在微博上注册了账号，名字叫"绝望收藏室"。她希望人们把绝望全部交给她，放进这个收藏室，并通过倾诉与交流带给人们生活的勇气。最开始，萧木并不抱太大希望，她觉得人们喜欢把绝望藏在心底。所以，她特别声明任何一个向她倾诉心事的人都要匿名，而且每次交流都通过私信或者邮件的方式。她说："我并不需要对方的联系方式，更不想知道对方是男是女，长相如何。绝望并不因为性别和长相而放过任何一个人，它会像吸血鬼一样缠住所有脆弱的灵魂。"

绝望收藏室开通后，萧木陷入忙碌之中。从四面八方涌来的悲情故事和孤独求援，让她从一开始就应接不暇。这完全出乎萧木的意料。她一直以为人们每天喜笑颜开、唱歌吃饭、嘻嘻哈哈，真正像她那样在绝望的泥潭里挣扎好多年的人不多。但是，随着一个个故事出现在邮箱里时，她明白自己的想法错了。笑脸的背后，或许隐藏着一颗颗脆弱的心；狂欢的背后，或许是一个个孤独的灵魂。

从此，萧木的内心被别人的故事和人生占据。白天，她打开邮箱阅读求助者敞开心扉讲述的故事；夜晚，她枯坐在台灯前，神情专注地给每一个人回信，为每一个人排忧解难。这样的日子一直持续到现在，萧木乐此不疲。尽管，她每天为此要查阅很多资料，才能针对每一个人每一个故事开出良方。

"有多少人向你讲述过沉在他们心底的悲伤？"

"没有认真统计过，我想有几千人吧。"

"这是一个浩大的工程，很累很辛苦。"

"但是，我从中获得了很多快乐。"

"因此，你也交了很多朋友。"

"虽然生活中没有见过面，但是我觉得跟他们是朋友。"

"这个工作要持续多久？"

"永远。"

我感觉萧木柔弱的身体是一个强力磁场，能量强大到足以消耗天空里所有的乌云。我看着她，自责涌上心头。失去若童后，我的人生沉沦在沼泽里，无时无刻不被绝望缠绕着。我暴躁地与妻子离婚，我孤独地徘徊在这个荒芜的城市，我彻底忘记自己来自何方要走向何处。面对眼前这个女人，我羞愧难当。一个人待在阴影中的时间长了，就会变成阴影的一部分。所以，我们应该勇敢地站在阳光下。

"我希望你一直做下去。"

"如果有一天我做不下去了，希望您能帮我继续完成。"

# 3

十点时，我向萧木告别。她没有虚情假意地挽留我，直言相告马上要回复陌生人的邮件。通常情况下，这个工作要持续到凌晨。不过，我们相约一个星期后在幸福大街上岛咖啡馆相见。她重申愿意把这些年来的经历毫无保留地告诉我，但前提是这只是属于我们俩的秘密，不能让第三个人知道。

"如果对我不放心，就不勉强。"

"我当然相信一个写《寻找萧木》的大作家，我只是不想这些事情给您带来麻烦。"

我独自走在回家的路上，晚风格外凉爽。

在幸福大街的十字路口，我回望槐树巷 66 号，萧木的窗口亮着灯。影影绰绰中我能想象到，她一丝不苟地开解那些陷入绝望的人。我看了看手表，已经十点半了。街面冷清，行人稀少。

回家后，我迫不及待地打开电脑再次逐字逐句地阅读那篇《寻找萧木》。如果说我在文章中从文学评论的角度表达的只是寻找文字中的萧木，那么当我见到她之后，才明白她还有更多秘密需要寻找。一个作家的经历，或许比其笔下虚构的任何文字更具诱惑力。希亚曾经为我找了很多作家的创作笔迹和自传，虽然当初让我从中寻找创作灵感的目的没有达到，但是的确让我迷上了那些与作家更加亲密的文字和故事。很多时候，读一本作家的自传，比读他虚构的文字都更有趣。

接下来的几天，我的心里充满期待。我渴望与萧木见面，就像曾经渴望见到若童那样让人心潮澎湃。这样的期待让我感到焦灼，导致我连阅读的兴趣都丧失了。过去的几个月里，我每天都徜徉在文字中间，在那些素未谋面的作家营造的世界里神游。自从见到萧木后，我的注意力始终无法集中，思绪散乱得如同山野间飞舞的蒲公英。我试图强迫自己安静下来，把自己藏在优美的文字和精妙的故事里。这样的封闭和隔绝曾经屡试不爽，但现在却让我一次次失败而归。我的每一次努力，都把自己置于一片旷野，孤独和惶恐蜂拥而来，死死地缠绕着我。

星期六晚上，希亚如期而至。

从最开始的沉默，慢慢演变成有一句没一句地聊天，到现在说话越来越多交流越来越深入，我们好像从未离婚，俨然一对失去激情的中年夫妇，在冗长的生活中消磨荒芜的光阴。有时候，我恍然觉得离婚后我们的交流比之前还要流畅，至少我们都不用顾忌太多。我还记得三个月前的一个星期六，希亚穿好衣服出门时突然回头问我："与其他女人上过床吗？"

"偶尔一次。"我无力地回应，"怎么啦？"

"没什么。"她边往外走边说，"随便问问。"

我不过是负气而已，撒谎说与另外的女人上床，只是希望她不要再来与我维持这种荒诞的关系。希亚是个条件优越的女人，找个优秀的男人根本不是问题。

春光总是能激发身体的每一个细胞。希亚穿着一件浅灰色连衣裙，身材匀称而丰满。她优雅地在书房里坐下，兴致颇高。她问我最近在读什么书，是否遇到好玩的事，或者独特的人。我斜着眼睛瞅着她，一个问题都没回答。一瞬间，我爆发出无穷的力量，想要撕开她的裙子，碾压她的身体。

我扑向希亚，把她压在沙发上。我闻不到她头发烫染后的芳香，感受不到她身体散发出的魅力。她双手使劲地推我，两条腿不停地蹬我。但是，她越是反抗我就越狂暴。这个夜晚，我只想用满腔怒火将她燃烧，与这个世界一起毁灭。

这是一场搏斗。

我撕烂了希亚的衣服，扯断了她的皮带，愤怒之下把她的裤子摔在书桌下面。我把她双手压在沙发上，掰开她的双腿，鲁莽地进入她的身体。我像一头犀牛，肆无忌惮地在无边的旷野狂奔。气喘吁吁时，我不经意间睁开双眼，看见希亚脸上默默地流淌着泪水。我停下来，但希亚早已不再反抗。她死死地闭着眼睛，面无表情的她活像一具尸体。我差点儿就把手伸向她的鼻孔，担心她真的死了，但伸到一半时又缩了回来。我悻悻然地从希亚身上下来，空虚地穿好衣服。然后，我又把希亚的衣服一件件捡起来，为她穿上。

气氛非常尴尬。

我把软绵绵的希亚扶起来，靠在沙发上。看着她铁青的脸色，我感到愧疚。我为她倒水，她摇头拒绝。我向她道歉，她看都不看我一眼。我垂头丧气地打开音响，轻音乐缓缓流淌开来，洒满整个房间。我又把水递到她嘴边，她喝了一口后，牙齿便紧紧地咬住嘴唇，漠然地看着窗口。铁栅栏把外面的世界割裂成一块一块，每一块都充满铁锈的味道。

"我已经很久没有读书了，但上一次读的两本书给我留下了深刻的印象。"我仿佛是为了讨好希亚，突然想起她进屋时问我的问题。

"什么书？"她口气如同夜晚的凉风，"是谁写的？"

"作者没有名气，这两本书也不是正规出版物。"

"在我的印象中，你对阅读非常挑剔。"

"但是，我觉得这两本书比大多数正规出版的图书有价值。"

"那为什么不介绍给我，我可以帮作者出版。"

"下次见面我问问她……"我突然想起萧木的交代，不能泄露她的秘密。

"你们见过面？"希亚提高嗓门儿，来了兴致。

"前几天才第一次见面。"

"下次见面能否带我一起去？你知道我特别喜欢有才华的年轻作者。"

"到时候再说吧。"

"作者叫什么名字？"

"李静。"

"女的？"

"小伙子。"

我非常后悔与希亚说起这件事，自责一向严谨的自己怎么突然变成了大嘴巴。我灵机一动故意说错萧木的名字和性别，希望能够弥补已经留下的破绽。希亚看着我，半天后一声冷笑。从我的支支吾吾中，她已经察觉其中有猫腻，只是不想当面揭穿。

希亚独自去厨房倒水，结果倒好后放在桌子上没喝就离开了。她没向我道别，听到轻轻的关门声后，我才明白她已离开。我在沙发上昏昏沉沉地坐了半个小时，然后拖着疲倦的双腿摇摇晃晃地朝卧室走去。

第二天早上，我急匆匆地奔向书店。在书店一个不起眼的角落，我找到了《夜天使》，买下后冲进附近的一个咖啡馆。我用了整整一天时间，如饥似渴地读完萧木的《夜天使》。夜幕完全笼罩这个城市时，我才在灯火中疲惫地回了家。

# 第三章 爱情

## 1

所有用心的等待，都是一场煎熬。

初次见面五天后，我和萧木坐在上岛咖啡馆里，开始一场心力交瘁的交流。我们几乎是同时达到，我刚坐下，一支烟还没有抽完，她就春风满面地来了。那天阳光充沛，窗外的大树刚刚吐出新叶，一片绿色在眼前随风飘拂。萧木气色不错，化着淡妆的她比上次夜里见面显得更加真实而温暖。在咖啡馆里读完《夜天使》的那个黄昏，恍恍惚惚中我有些怀疑自己是否真的见过萧木，以及她是否真的还活着，毕竟三年前她直播死亡的材料还能找到。虽然只是短暂的怀疑，但此刻看到她再一次出现在我面前时，我才确定这个才华横溢的女作家三年前的死亡直播不过是一场假象。

春暖花开的季节，萧木这样的女人应该就着一杯咖啡看着世间万物发呆。但是，我唐突地闯入她的人生，使她踏上了一趟回首不堪往事的路途。我们在靠近窗口的位置坐下，一缕阳光羞涩地映照在茶几上。萧木是个敏锐的女人，见面第一句话就问："您觉得《夜天使》这部小说怎样？"

"你这么肯定我读过《夜天使》了？"

"我只是猜测而已。"

"我觉得不如《世界尽头的奇妙之旅》和《在地狱里唱歌跳舞》，感觉你创作时内心不够平静。虽然文字和叙述都略显欠缺，但故事却充满张力。"

"吸引您的是故事？"

"是的。"我端起杯子喝了口水，对她点了点头，"或者，主人公的人生更让人值得琢磨和回味。"

咖啡馆里只有我们俩，非常安静，柔和而曼妙的音乐缓缓流淌。我和萧木四目相对，我看到她眼中的迟疑。瞬间，我们不约而同地收回眼神，盯着外面飘拂的柳叶。嫩绿的叶子在金灿灿的阳光照耀下，反射出刺眼的光芒。

片刻后，我们重新开始交流。

"您是不是想知道我三年前为什么要制造自杀的假象？"

"是的。"

"您是不是想知道《夜天使》为什么会引起这场争议？"

我点了点头。

"很多时候，我觉得自己的人生从一开始就是个错误。"她停顿一下，接着说，"一个错误连着另一个错误，永远走在歧途上。"

"为什么这样说？"

萧木不说话，盯着茶几上那杯透明的竹叶青叹了一口气。半晌，她端起茶杯，开始讲述她短暂、细碎而又心酸的经历。


# 2


二十六年前，萧木出生在一个凋敝的村子。那是一个寒冷的冬天，挂在天空的雪憋了好几天始终落不下来。母亲临产前三天，萧木远在上海打工的父亲才急匆匆地赶回来。如果不是孩子即将出生，这个靠在海边抬石头挣钱的男人不打算回家过年。春节期间人力紧俏，正是挣钱的好时机。老板在腊月的头几天就三番五次地强调，凡是过年上班的人，不仅工资翻三倍，另外再发一千元奖金。他仔细算了一笔账，如果不回去，可能多收入三五千。尽管这笔钱很诱人，但是他更想第一时间看到孩子。

这个迟到的孩子，让人到中年的他等待太久了。结婚五年，妻子始终不能怀孕。晚婚已让父母操碎了心，婚后不育又让全家人焦头烂额。在封闭的村子里，流言蜚语开始发酵，他们无法生育的论断悄然传播。即便是平常关系很好的人，也会拐弯抹角地打听这事儿。嘲笑和讽刺演绎得最激烈时，两口子出门都低垂着头，生怕被人看见。

夫妻二人受不了冷嘲热讽，悄悄到县城医院检查，结果两人都没问题。他们满心轻松地往家赶，一路上双手紧紧地握在一起，畅想着来年抱孩子的美好情景。可是，一年过去了，妻子的肚子依然静悄悄的。村子里几乎所有人都断定他们没有生育能力，邻里之间吵架时，他们家也常常被骂从此以后断子绝孙。但是，他们相信医院，于是又到市里的大医院检查。

从家到镇上需要一个小时，从小镇坐车到市里还需要三个小时。两口子天不亮就出发，乡间小路黑黢黢的，两人打着手电筒深一脚浅一脚地走着。三个小时里，这对盼子心切的夫妇，一直相互问对方一个问题："你说我到底有没有问题？"

他问妻子，她没有回答；她问丈夫，他同样没有回答。但是，三个小时里，他们都在不停地问对方。坐上汽车后，两人又都陷入沉默，直到进入市里最好的医院。

看到诊断结果后，两口子陷入有生之年最漫长的无助。两人生理都没缺陷，谁也给不出无法怀孕的原因。他们哭笑不得，对生儿育女再也不抱任何希望，一切交给命运。生活如一潭死水，终日飘荡着一股异味。但是，不可思议的事情在他们结婚第六年发生。那年春天，他们迷路的孩子终于找到了父母。

萧木的父亲后来告诉女儿，得知妻子成功怀孕的那天夜里，他独自一人在院子外的麦田里忍不住泪流满面。那个时节，麦苗上已经结满麦穗，微风送来阵阵清香。他坐在地上，双手捂住脸，尽量不让自己哭出声来。这天晚上，他直到深夜才让心情平静下来，回去搂着妻子一宿未眠。第二天，他天不亮就起床到镇上坐车去县城，然后坐几十个小时火车前往上海。这个刚刚得知即将当父亲的男人，带着对美好未来的憧憬踏上去异乡的旅程。"我要努力挣钱，将来让娃过好日子"，在摇摇晃晃的火车上，他的脸上总是浮现出幸福的笑容。

在众人的期盼中，萧木终于来到这个世界。那天傍晚，她在镇上简陋的医院里呱呱坠地。这个哭声洪亮的女孩，给沉闷的家庭带来了欢笑。很长一段时间里，她都在家人之间传来传去，就像一件稀世珍宝，没有人愿意放下她，都希望把这个有着一双水汪汪大眼睛的女孩抱在怀里。

萧木出生半年后，父母都离开家乡到上海打工，并尝试着再生一个孩子。不过，命运只想给他们一个孩子，萧木的妈妈从此再也没有怀孕。

父母常年在外务工，每年只有春节才回一次家。在爷爷奶奶的宠爱中，萧木慢慢长大，开始穿花裙子、扎小辫子，像只蝴蝶一样在田野里飞来飞去。她的脸蛋越来越瘦，五官越来越精致，由出生时像妈妈变得更加像爸爸。爷爷奶奶发现了这个变化，苍老的脸上开出灿烂的花儿。这对老人曾经有三个孩子，但是，一个因为在河里洗澡溺水而亡，一个在一次山体滑坡事故中被泥土和巨石夺走生命，萧木的父亲成为他们活着的唯一希望。萧木不但长相越来越像父亲，性格也像父亲那样倔强、忧郁，眼神里总是透出一份孤独。曾经很爱说话、爱讲故事的她，不知道从什么时候开始变得少言寡语。

从上小学开始，萧木每天放学回家完成作业后，都喜欢坐在院子外的石头凳子上，即便是曾经的玩伴在身边欢乐地嬉戏，她也无动于衷。寒来暑往，萧木的呆坐变成了一种仪式。在无数个夕阳西下的时候，她静静地坐着，出神地望着门前那条死气沉沉的马路。

这条马路很窄，平常少有车辆来往。在萧木的记忆中，她只在年末和年初看见有汽车经过。年末，爸爸妈妈带着一身疲惫从汽车里钻出来回到家中；年初，爸爸妈妈带着一份期待钻进汽车奔向远方。萧木希望他们在其他时候也突然出现在眼前，她一定会欢快地扑进爸爸妈妈的怀里。只是，萧木的愿望从未实现。

希望与失望的交替循环，构成萧木童年中不可抹去的记忆。后来，她在孤独与绝望中麻木了。虽然她依然坐在石头凳子上看着春去秋来，但再也没有那种满心欢喜和一腔离愁。父母就像过客，总是在萧木的世界里做最短暂的停留。

小学毕业后，萧木以优异的成绩考上镇中学。爸爸妈妈都为萧木感到自豪，全村的人都把萧木作为教育子女的榜样。

拿到录取通知书那天，她给远在上海的父母打了个电话。电话里，萧木没有说几句话，全是爸爸妈妈在不停地唠叨。他们通过无线电波不断地叮嘱女儿好好学习，争取将来考个好大学。萧木原本以为爸爸妈妈会回来为她安排上中学的事，可是，她听到的却是"回来一趟要很多路费"。这句话让萧木暖暖的心突然一沉，她觉得自己在父母面前不如金钱那样重要，尽管她知道他们终年奔波也是为了让自己过上更好的日子。

有些失落的萧木挂断电话，开始为新的学习生活做准备。爷爷奶奶年事已高，萧木必须自己做好入学准备。那个夏天是她最忙碌的暑假，在炎炎热日中等待开学的那一天。萧木独自买好学习用具、生活用品，提前到学校熟悉校园，积极地迎接新的生活。

# 3

十二岁那年秋天，萧木开始了独自生活。

学校离家很远，萧木平常住校，星期五放学后步行二十多公里回家。学校所在的小镇有路过家旁边的大巴车，但她平常舍不得钱，只有在下雨天才选择坐车。萧木很清楚，父母在外不辞辛劳地挣钱，希望早日翻修家里的房子。村子里大部分人都住上二层楼的房子了，唯独自己家住的还是土坯房，低矮、潮湿，每到夏天下暴雨时，屋顶的瓦片都会被大风刮走很多。那时候，萧木不知道父母是否能挣够修房子的钱，所以每次狂风暴雨来临时，她都会暗自下决心，将来一定要到镇上或者县城里买一套房子，让爷爷奶奶和爸爸妈妈住进温暖的家。

小镇只有一趟大巴车，从一个县城到另一个县城，五点半经过这里，如果某天稍微耽搁一点时间就会错过。初一那年的一个周五，萧木就遇到了这样的窘况。

初冬时节，淅淅沥沥的雨仿佛是一场漫长的哭泣。放学后，萧木急匆匆地往车站跑，可刚出校门时发现有本书掉在寝室里了，便慌忙撒腿折身跑回去拿。一来一回仅仅耽搁了五分钟，那趟路过小镇的大巴车就在冰雨中开走了。萧木望着呼啸而去的汽车，眼前一片朦胧。无奈之下，她只得与几个同样错过汽车的同学步行回家。

冬雨不大但十分绵密，每一滴雨水都带着刺骨的寒冷。因为突发性下雨，萧木没有带雨伞，任凭冰凉的雨水飘洒在单薄的身体上。二十多公里路程，一路上她不断用僵硬的手抹去脸上的雨水。她一向珍爱的秀发不听使唤，无论怎样都会紧紧地贴在脸上，拨开之后又掉下来。走到一半时，其他几个同学陆续被大人用自行车接走了，只剩萧木一个人在雨中蹒跚前行。那时候，萧木的父母都还在上海，上次打电话时说要年底才回来。萧木仅仅是"嗯"了一声便挂断电话。小时候，她还会在电话里撒娇让爸爸妈妈早点回来，嗲声嗲气地说夜里做梦都会梦见他们。后来，萧木对父母已然陌生，好几次接到他们的电话时，都不确定到底是谁打来的。只有等到电话那端叫自己的小名时，她才真的相信是爸爸妈妈的电话。

　　天色渐晚，风雨越来越大。

　　萧木全身上下湿透了，在夜幕下瑟瑟发抖，单薄的棉衣浸满了雨水。那双穿得褪了色的运动鞋里全是雨水和泥浆，十个脚指头冻得失去知觉，走起路来飘飘忽忽，随时都会倒在地上。一条长长的坡道，耗尽萧木所有的力气，她就快要站不稳走不动了。路边有棵大树，树底下的雨略微小点。萧木颤巍巍地来到树下，身子一歪便靠在了大树上。

　　短暂的喘息让委屈获得了足够的时间发酵，伤感像天空的细雨和暮色那般包围着萧木。转瞬之间，她的泪水决堤而泻。萧木双手捂住脸，眼泪肆无忌惮地从指缝间流出来。她极力地控制情绪，不让自己在雨夜的山野间悲伤得无法自拔。可是，心里那头小野兽不停地捣乱，使得萧木抑制不住号啕大哭起来。她悲怆的哭声夹杂在冷风之中，交织成一种悲凉的嘶鸣。

夜晚的乡村十分空寂，公路上没有车辆和行人，山野间只有萧木的哭泣混合着呼呼的风声。慢慢地，萧木不再哭泣，不再流泪，但双手还捂在脸上。雨已经停了，树叶上偶尔掉下一滴雨水，落在她的头发上，冰凉冰凉的。萧木依然在原地枯坐，脑子里闪烁着奇怪的画面。这些场景相互之间没有联系，却在这样一个雨夜在她的脑海中交替出现，然后又如秋天的落叶般一片一片飞走。最终，定格在脑海里的是父母回家和远行的情景。

这个冰冷的夜晚，萧木的伤感终于慢慢平复。她站起来，拖着疲惫的身体，在寒风中深一脚浅一脚地往家走。剩下的路不长，翻过这座山就能看到家了。夜空深邃，苍穹沉静。离家越来越近时，萧木的身体也越来越轻盈。她忘掉了刚刚经历的风雨，长久以来积压的忧伤也随风飘散。

随着时间的流逝，十六岁的萧木已经出落得亭亭玉立。长头发、大眼睛，清瘦的脸蛋和精致的五官，像极了漫画中的人。在老师心中，她是勤于学习的乖学生；在同学眼中，她是公认的校花。她课桌的抽屉里，隔几天就会收到一封情书。每次收到情书后，萧木都将其藏在寝室的箱子里。她并不是想把那些青涩、稚嫩的文字收藏好将来用于回忆，而是不想当面撕掉伤害同学之情，给人留下傲慢的印象。萧木一心希望通过学习改变人生，即便是最亲密的女同学已经开始谈恋爱，她依然不为所动，所以从未拆开过任何一封情书。

后来，萧木终究还是被一个男生感动。

高二那年放寒假的前一天，萧木在整理整个学期收到的情书准备统一销毁时，鬼使神差地翻阅一封封情书。最终，她的眼神掠过很多男生的名字定格在"肖海波"这三个字上。那是一个不善言辞甚至有些木讷的男生，身体单薄，一年四季都留着小平头。肖海波平常除了长跑以外没有别的爱好，在老师眼中是与萧木齐名的好学生。

同学们都已回家，寝室里一片狼藉。

坐在木头箱子上，萧木一封一封地拆开，一封一封地阅读。此刻，她才发现这学期肖海波竟然给自己写了二十多封情书，平均每周一封。后来，从肖海波口中得知，萧木之前丢掉的情书中还有几十封是他写的。萧木按照时间顺序，从头到尾把二十多封情书读完，经历了一次奇特的旅行。想念、牵手、今生今世，这些陌生的词语交织在一起，形成一种奇妙的感觉。这种感觉第一次在萧木的心底驻扎，就像春日里翩然飞舞的蝴蝶，用优美的舞蹈搅动这个妙龄少女的心。

萧木心跳加快，脸颊发烫。十六年来，她第一次拥有这样的感受。即便寝室里没有其他人，她也总是觉得有人发现了自己心里的秘密。萧木一股脑儿把一大捆情书撕得粉碎，纸屑一片片飞舞，如同过往那些不曾在心底留下记忆的时光。但是，肖海波那二十多封情书却藏在她粉红色背包里。萧木要把这些让她心动的文字背回家，或许她会在漫长寒假里某个冬日的暖阳下再次品尝。

两年前萧木爷爷去世，半年前，萧木的奶奶追随他而去。从那时起，萧木的假期就变得枯燥而漫长，即便是短暂的周末。这个雾霭沉沉的冬季，萧木的寒假充满了别样的感觉。她品尝到了爱情的味道，尽管她还没有回应肖海波的追求。在父母回来之前的十多天里，萧木每天都会情不自禁地拿出那些情书，一遍遍地阅读。她在脑海里认真回想那个腼腆男生的模样，一些奇妙的画面一张张闪过。

此时此刻，沉睡在心底的、似有似无的记忆如一缕缕阳光洒下来。萧木隐约觉得，在过往的几个月里，肖海波总是在关注自己。上课时，他有意无意地偷看她，每次被发现后又立即转头看着黑板假装在听课；课间活动时，他也远远地看着在校园里默默走着的她。萧木还记得，有一次她在树荫下背英语单词，发现肖海波躲在操场的另一端。他的手里也拿着书，却没有认真看，每隔几分钟就会看一眼她。

这些电影一般的场景，萧木以往并没在意，现在想来却别有一番味道。这个不太冷的冬天，萧木沉浸在无限美好的回忆中。不过，她又在心里嘲笑自己，担心这些回忆不过是自己看到这些情书后的臆想。这样想着，萧木心里忐忑不安。

十七岁那年的春节特别美好，萧木感觉父母的爱从未如此浓郁。他们成天与女儿形影不离，给她买最漂亮的衣服，带她到县城的风景区游山玩水。这对中年人，似乎想把十多年来亏欠女儿的爱全部补偿回来。萧木内心一片欢腾，煞有介事地在爸爸妈妈面前撒娇，就像小时候那样温顺、可爱，银铃般的笑声在阳光里跳跃。

开学一个星期后，萧木又收到了肖海波的情书。他用略显夸张和煽情的文字，表达整个春节期间如何想念她的事实。萧木认真地看着每一个字，心潮澎湃。这个春节，他也一直出现在她的脑海。

这一次，萧木给肖海波回了一封信。她答应了，但是约定现在必须以学业为重，等将来考上大学再携手相伴。肖海波喜出望外，他没想到一向以冷颜示人的萧木会如此爽快地答应自己。他觉得像萧木这样长得漂亮、成绩优秀的女孩，不会轻易答应任何男孩。不然，那群像苍蝇一般在萧木面前聒噪的男生不会一个个都碰得灰头土脸。的确，在追求萧木的男孩中，肖海波不算出色。在懵懵懂懂的中学生眼里，那种时尚而爱出风头的男生最受欢迎。不过，萧木就是喜欢肖海波的羞涩和木讷，更重要的是他的踏实、勤奋，并与自己一样成绩优秀。因为她能感觉到，肖海波不是逢场作戏，而是认真地想谈一场恋爱，获得一种感情。

萧木和肖海波的情书往来由频繁到稀少，最终慢慢停止，取而代之的是小心翼翼的接触。他们都很谨慎，很多时候的交流仅限于眼神和微笑，不像其他同学那样明目张胆。无论在课堂上还是校园里其他任何地方，他们只需要一个会心的微笑或含情脉脉的眼神就能让彼此满足。他们第一次单独见面是萧木提出来的，时间是晚自习结束后，地点在学校操场。萧木给肖海波写了一张纸条：晚上十点在操场最暗的角落相会。晚上十点后学校统一熄灯，空阔的操场一片昏暗。

这是一次紧张、忐忑的相见，情窦初开的男女在朦胧的夜色里显得十分拘谨，半个小时下来几乎没有说上几句情话。所表达的，都是一种约束和强调。

"我们不能像其他同学那样，成天只顾着玩耍。"萧木说，"我们要彼此监督，好好学习。"

"嗯。"

"我们要好好读书，这样才有机会考上大学。"萧木说，"我们必须考上大学，才能走出这个小镇。"

"嗯。"

"希望我们能考上同一个城市的大学，那样……"萧木说，"我们就可以像其他恋人那样一起生活了。"

"嗯。"

简单而机械的对话，没有青春萌动的少男少女见面时的暧昧和情愫，反而像是大人对小孩的训导。一个语重心长地说，一个乖乖地聆听。在苍茫的夜色里，一对男女在宁静的操场边没有海誓山盟却结下同心。分别时，萧木主动提出两个要求：第一，每个周末回家时，他们一起走相同的十多公里路程；第二，这个夜晚她要他先回寝室，她想一个人在操场里安静地待一会儿。

肖海波迟疑片刻，点了点头。他在漆黑中对着她笑了笑，单薄的背影与夜色慢慢融为一体，消失在空阔的操场中。萧木凝视着天空那轮若隐若现的弯月，嘴角悄然浮现出矜持的笑容。半晌，她才自嘲地说道："原来爱情是这样的味道。"

在明媚的春天里，萧木与肖海波正式确定了恋爱关系。

与其说萧木和肖海波是一对恋人，不如说是一对没有血缘关系的兄妹。他们的感情在隐蔽中悄然生长，并幻化成一股相互敦促的力量。几个月来，他们不但没有影响学习，反而朝着两人约定的目标勇敢前行。

不过，麻烦依然随之而来。

尽管萧木和肖海波的保密工作做得非常好，他们之间的爱情依然暴露了。这件事情在整个学校炸开了锅。那些追求萧木最终失败的男生，纷纷向肖海波投去仇恨的目光，甚至有人威胁着想要收拾这个天性怯懦的男孩；喜欢嚼舌根的女生则在背后指指戳戳，嘲笑萧木假正经，装着一副铁石心肠实际上早就春心荡漾。

最让萧木和肖海波难以承受的是来自学校的压力，从校领导到班主任，每个人都如临大敌。他们无法接受两个成绩最好的学生，暗地里却好上了。萧木和肖海波的关系，让学校担心的倒不是有伤学风，而是害怕他们因为恋爱而没有心思学习，影响学校的升学率。这个学校为了提高升学率，每个人都有点走火入魔。

头发早已掉光的校长第一时间召集相关人员开会，商讨如何处理这件棘手的事。会议室很简陋，墙上的油漆掉了一大半，一道道印记就像刺目的伤疤。学校领导和年级老师挤在狭窄的会议室里，有人忐忑，有人平静，但无一例外地都沉着脸。秃头校长一脸严肃，眼镜滑到鼻头上，好像随时都会掉下来。他噼里啪啦地把大家一顿痛批，把这件事归罪于老师们平常管理太松散，缺乏责任心。他质问在场所有人："你们除了上课就是打麻将，到底有多少人关心过学生的生活？"没有人接话。然后，他要求每个人都要给出处理意见。大家耷拉着头，默不作声，把校长晾在一边。最终，他干脆把眼镜摘下来丢在桌子上，一个个点名，要求每个人都要拿出办法。

无论是班主任还是各科老师，都认为应该低调处理，毕竟萧木和肖海波都是尖子生，不能影响他们的学习积极性。班主任是位中年妇女，脸上布满雀斑，头发稀疏而斑白。在所有学生眼里，她留下的都是刻板、教条的印象，从来没有人看见她笑过。个头不高的她衣服裤子总是黑白两种颜色，被调皮的学生戏称为"企鹅"。这天上午，"企鹅"脸色铁青，她首先检讨自己工作没有做好，只顾着提高学生的成绩而忽略了思想工作。同时，她坚定地表示，一定积极做好萧木和肖海波的心理疏导，保证他们的学习不受丝毫影响。秃头校长对"企鹅"的检讨和承诺非常满意，于是其他老师暗自吐气，一身轻松地附和，叽叽喳喳的声音在会议室里回荡。

会议结束后，"企鹅"立即分头找萧木和肖海波谈话。无论是萧木还是肖海波，与"企鹅"的谈话都很轻松。他们事先已经商量好，在老师面前勇于承认错误并保证分手。

萧木和肖海波的恋情曝光引发的风波像夏天的一场暴雨，来得快走得也快。在所有人眼里，他们的爱情刚开始就结束了。事实却并非如此，阻隔和打压让两颗年轻的心爱得更加坚定，他们的感情以一种更加隐蔽和凶猛的态势生长。萧木和肖海波用埋头学习的精神面貌，向人们制造了分手的假象。

假象让校长和老师十分满意，认为管教有效；假象让垂涎于萧木的男生跃跃欲试，认为自己还有机会；假象让肖海波遭到讥讽和嘲笑，癞蛤蟆终究是吃不到天鹅肉的。

一场彻底改变萧木人生的灾难，也在假象之中酝酿和爆发。接下来，她从对美好人生的憧憬中坠入无边的废墟。


4


萧木最好的同学名叫王丽丽，与她一样成绩优秀，家境却更加贫寒。初夏的一个周末，王丽丽的表哥过生日要在镇上搞聚会。从星期一开始，王丽丽就喋喋不休地邀请萧木参加。萧木一次次委婉地拒绝，王丽丽却纠缠不放。萧木坚持要回家，王丽丽却说："以前你与肖海波谈恋爱，每个周末一起回家可以理解。但现在你们分手了，回不回家有什么关系呢？"

"放假就要回家啊。"萧木心里咯噔一下，"我每个周末都要回去。"

"爷爷奶奶去世了，爸爸妈妈又不在家，回不回去无所谓啦。"

"不行。"萧木坚持己见，"我一定要回去。"

"难道你和肖海波没有分开？两人还要一起回家？"

"分开了啊！"萧木差点大叫起来，"你可别乱说，我们真的分开了。"

王丽丽的眼神直勾勾地盯着萧木，半天才挪开。随后，她开始使用各种手段要求最好的朋友参加表哥的生日聚会。萧木极不情愿地答应了。王丽丽高兴得手舞足蹈，搂着萧木半天不撒手。不过，萧木内心非常反感这次聚会。她之所以答应王丽丽，是担心这个平常关系最近的同学刨根究底地追问自己与肖海波的关系。王丽丽刚才的质问击中了萧木，她的确是想与肖海波一起回家。他们向学校承诺分开后，校园里没有任何见面机会，唯有在回家的路上可以偷偷摸摸地在一起。答应王丽丽后，萧木给肖海波写了一张纸条，解释事情的原委，并说明只是露个面就回宿舍。学校离镇上大约一公里路程，吃完饭便可步行返校。

星期五晚上，王丽丽表哥的生日聚会在镇上最好的饭店举行。在封闭的山村，王丽丽表哥的家庭算得上殷实，父亲在沿海城市包工，据说每年可以挣好几万元。在学校里，王丽丽这位表哥花钱阔绰，很受女生欢迎。

一共六个人参加聚会，除去萧木、王丽丽与他表哥，其他三个人都是王丽丽表哥的朋友，其中两个刚刚毕业离开学校。萧木对其中的一个略有印象，她隐约记得那个常年把头发梳得油光发亮的男生，仗着家里有钱有势在小镇上横行霸道，聒噪的小镇总是充斥着关于他的流言蜚语。前不久，他因为在学校打架被开除了。萧木瞄了一眼对方，发现他正在偷看自己。她的脸立即红了，赶紧端起桌子上的水喝起来。冰凉的水直往萧木喉咙里灌，呛得她忍不住剧烈地咳嗽。大家的目光齐刷刷地移过来，她的脸红一阵白一阵，尴尬极了。

聚会安排在二楼角落的一个包间。

最开始，几个男生在喝酒，慢慢地王丽丽也开始端起酒杯。大家轮流向王丽丽的表哥敬酒，轮到萧木时，她拿起透明的玻璃水杯，还没有开口就被一个剃着光头的男生阻止了。"今天晚上都喝酒，你当然不能喝水。"

萧木连忙摆手，表明自己从未喝过酒。

中间一个脑袋硕大的男生一直比较活跃，喝酒时话很多而且声音大。他忙不迭地附和："大家都喝得很高兴，你可千万别扫兴。"

"喝一点吧，没事的。"王丽丽说，"小倩放心，不会喝醉的。"

王丽丽这么一说，这个真名叫王小倩的清纯女孩便再无力拒绝，端起酒杯对着王丽丽的表哥说着言不由衷的祝福。萧木突然对王丽丽感到厌恶。作为无话不谈的朋友，在危难之际不但不帮忙，反而

帮着别人说话。当酒从喉咙一路燃烧下去时，萧木决定以后不与王
丽丽做朋友了。

　　萧木给王丽丽的表哥敬酒之后，其他人便开始给萧木敬酒。他
们就像是暗中商量好似的，拿着杯子对第一次喝酒的萧木轮番攻击。
最后，王丽丽也加入到劝酒行列，萧木根本没有招架之力。勉强喝
下几杯后，她头有点晕了。但是，萧木越是感到头晕就越无力阻挡
每一杯酒。包括王丽丽在内的其他五个人，叽叽呱呱地说个不停。
那些恭维的话把萧木吹捧成遥不可及的女神，在他们眼里她是美若
天仙的才女，是学校提高升学率的天之骄子。他们你一言我一语，
纷纷要求萧木放下身段与朋友们打成一片。晕晕乎乎的萧木，在你
推我攘中不断地点头又不断地摇头。在点头与摇头之间，她渐渐失
去意识。

　　后来，萧木一直处于朦胧之中。她看不清身处的环境和脚下的
路，恍惚记得从饭店出来又去了歌厅，王丽丽和她的朋友在包厢里
喝酒、唱歌和号叫，自己则倒在沙发上迷迷糊糊地睡着了。萧木这
一觉睡得很沉，以至于自己是怎样离开歌厅的都不知道。

　　第二天凌晨，萧木在昏昏沉沉中醒来。屋子里很暗，她眯着眼
睛睃巡一番，感觉十分蹊跷。这到底是哪里？她在漆黑中幽幽地想
着，恐惧如细丝慢慢缠绕住萧木，她感觉自己掉进了某个深不见底
的洞穴。她想翻身起来，逃离这个恐怖的世界。萧木刚准备起身，
张开的左手摸到一个人的脸面。她的手立即缩回来，并发出了刺耳
的尖叫。

　　尖叫声划破夜色，屋里的灯亮了。光线非常刺眼，萧木立即用

双手捂住眼睛。她从指缝间看见一个男人赤身裸体站在床前，笑嘻嘻地盯着自己。他就是那个被学校开除的男生，一个常年在小镇上耍流氓的混混。昨天晚上喝酒时，他总是用邪乎乎的眼神地盯着萧木。突然，萧木想起他叫刘杰。当时学校开除他时，校长在操场上高声宣布刘杰因为打架斗殴败坏学风被开除。

萧木猛然发现自己一丝不挂，慌乱地抓扯被子来掩饰自己的身体，可越是慌乱越是无力，连续好几次都没有把被子拿过来。她的手指软绵绵的，并不接受大脑的控制。最终，萧木蜷缩在靠近墙壁的角落里，把被子、枕头和床单胡乱堆在面前遮丑。床单在最上面，巴掌大一块鲜红的血迹映入眼帘，如一根根纤细的针尖扎进萧木的心里。她明白了昨天晚上在自己身上发生的事，脑袋快要爆炸了。

惊慌无助的萧木把头埋在床单里号啕大哭，全身颤抖的她用哭泣把悲伤撕成碎片，在这间陌生而恐怖的卧室里狂乱地飞舞。碎片慢慢坠落在萧木周围，死死地包围着她，形成牢不可破的绝望。萧木仿佛在一片沼泽地里挣扎，却越陷越深。或许是累了，又或许绝望吞噬了萧木的泪水，她的哭泣终于慢慢停止。但是，她不愿抬起头来。萧木希望床单和被子中那股潮湿的怪味能够像变魔术一般散发出剧毒，把她毒死在这个充满屈辱的夜晚。

这个夜晚实在太漫长，昏暗充盈每一寸空间久久不愿散去，黎明的那一丝亮光总是迟迟不来。萧木如一摊烂泥倒在角落里，身体还在抖动、抽搐。她艰难地抹去眼角的泪水，决定天亮就去派出所报案，一定要让糟蹋自己的王八蛋坐牢。

刘杰一直在旁边等待萧木慢慢平静下来，他很清楚只要这个女孩的情绪得到控制，接下来的事情都会按照自己所想的路子发展。把女孩灌醉后带到家里趁机发生关系的事情，他不是第一次干。唯一一次遇到麻烦，是因为那个女孩性格刚烈，被发现后又是狂叫又是跳楼，当时弄得他慌乱无措。后来，那个女孩报了案，刘杰的父亲花钱找了很多人才平息了那场风波。像萧木这样的女孩，刘杰非常有信心摆平她，更何况他手里还拍摄有发生性关系时的照片。无论哪个女孩，都害怕将这些证据公布出去。

萧木安静下来，刘杰不失时机地走过来。

"现在才两点刚过，还早呢。"刘杰试探着说，"快点睡吧。"说着，他伸手去抓被子。

"别过来。"萧木惊恐地看着他，"你千万别过来。"

"不要害怕，没事的。"萧木越是惊恐，刘杰就越是嬉皮笑脸，他更加用力抓扯萧木身边的床单和被子。

"滚开！"萧木怒目圆睁，"你再动我就大声喊了。"

"你喊呀，你喊一声试试。"刘杰离萧木越来越近，快要压在她身上了，"不管你的声音多大，也不会有人听见。"

"来人呀，救命啊！"萧木扯起嗓子怒吼，可是，尖细的声音只是在封闭的房间里沉闷地回旋，形成的回声钻进自己的耳朵。停顿片刻，她又喊道，"救命啊！"

"我敢保证，你就算把喉咙喊破了，也不会有人知道。"刘杰收起笑脸，一脸严肃地说，"我既然把你带到这里来，就不可能让任何人听见你的狂叫。"

听到刘杰这么说，萧木满腔的愤怒像皮球被戳破一样泄了气。

她不想宽恕和原谅眼前这个恶棍，但是所有的愤怒都变成了无助。一个柔弱的女子，面对一个把自己关进陌生房子并实施奸污的畜生，留给她的只有羞辱、恐惧和无助。

"我要告你。"萧木冷冷地说，"天亮后我就去报案。"

"告我？报案？"刘杰不屑的笑声在漆黑中格外邪恶，"你敢报案，我就把你这些照片全部公布出去，看你还有没有脸在学校读书。"

光线很暗，刘杰把手机在萧木面前晃了晃便拿开。萧木不确定手机屏幕上那个一丝不挂的女人是不是自己，但是脑袋里却像是钻进了一万多只饥饿的蚊子，嗡嗡的响声难以忍受，好像随时都要爆炸。她恶狠狠地盯着眼前这个禽兽，半晌，她怒吼道："你这个王八蛋，我要杀了你。"

刘杰对萧木的愤怒不屑一顾，只是冷冷地看着她。所谓嚷嚷着要杀人的女人，都只是一时泄愤而已，真给她一把刀她又不敢动手。正如刘杰所料，萧木吼完这一句便偃旗息鼓了。她死死地抓住被子和床单，把自己严严实实地包裹起来，以为这样便可以抵御这个男人的侵袭。蜷缩成一团的萧木，活像一只受到惊吓的猫，飘忽的眼神四处游弋。

时间一分一秒地过去。

几分钟后，刘杰突然挨着萧木躺下，惺惺作态地表达他对她的爱慕。他说喜欢萧木很久了，一直寻思着找个机会表白；他说昨天晚上喝醉了干了傻事，但会对萧木终身负责；他说虽然这种方式对不起萧木，但自己是真心爱她。

萧木无动于衷，木讷地蜷缩着，瑟瑟发抖。

刘杰继续喋喋不休，纠缠不放。他说等萧木毕业了，他们就结婚；他说自己家庭条件好，结婚后萧木不愁吃、不愁穿；他说自己是个懂得珍惜的人，会对萧木好一辈子。

萧木的身体依然在轻微颤抖，刘杰那些恶心的话她一句也没听清楚。突如其来的遭遇，让萧木万念俱灰。她呼救，没有人帮助自己；她想报案，却被人拍了裸照。萧木一遍遍问自己："我该怎么办啊？"

在萧木不知所措时，刘杰趁机上前一把搂住她，继续在她耳边说着虚假的甜言蜜语。萧木累了，无力地躺在他身边沉沉地睡去，直到天际放亮。

窗外那丝初夏的阳光顽强地穿过窗帘，照射进这个对萧木来说冷若冰霜的魔窟。她一骨碌爬起来，用最快的速度穿好衣服想要冲出去。可是，房门打不开。接着，她又察看窗户，依然打不开。此刻，萧木才明白刘杰为了防止自己半夜逃跑，早已把门窗都锁死了。她拿起桌子上的花瓶，狠狠地砸在门上。

刘杰被哗啦的声响惊醒，目瞪口呆地看着萧木。然后，他爬起来赤条条地站在萧木面前，身下那个软塌塌的东西晃来晃去。萧木厌恶地转过身去，恶心得想吐。刘杰紧紧地抱住萧木，但她始终不愿转过来。刘杰要萧木留下来做他女朋友，将来做他妻子。萧木看着褐色的窗帘，泪水在眼眶里打转。她使出全身力气想要挣脱刘杰，却始终无法从他并不结实的臂膀中逃离。

"好。"萧木点了点头，泪水终于流下来。

"那就别走，这两天反正不上课，就住我这里吧。"

"不。"萧木使劲地摇头，泪水"啪嗒啪嗒"地掉在地上。

一番推拉之后，萧木终于逃离漫长的黑夜，站在太阳刚刚升起的小镇街头茫然无措。今天逢集，早起的商贩在狭窄的街道零零星星地摆好摊位。萧木的泪水一直不停地流淌，不过，没有人在意她。回学校宿舍的路上，萧木始终在思考着如何逃脱刘杰的魔掌。临走时，她答应做他女朋友，并接受他到学校来找自己约会的请求。

那不过是缓兵之计，否则她无法成功离开那间夺去她贞洁的房间。可是，接下来怎么应对刘杰的纠缠呢？

周末的学校一片空寂，只有早熟的知了偶尔发出几声稚嫩的鸣叫。为了避免被老师发现自己没回家，萧木躲在寝室里昏睡了两天。寝室里潮湿、昏暗，夜里老鼠肆无忌惮地乱窜。虽然萧木早已习惯独处，周末回家也是一个人生活，但独自在学校寝室过夜依然让她心惊胆战。两天时间里，她的脑海里总是想起同学讲过的那件似真似假无法求证的事情。据说这里曾是一片坟场，修建学校时工程队用了三天三夜才把所有坟头铲平。后来，有个名叫杜鹃的女学生常常在半夜听到幽怨的哭声。杜鹃把这事告诉同床的女孩子，可对方却从未听见过哭声。但是，杜鹃每隔几天就会听到，吓得她魂不守舍、无法安眠。几个月后，杜鹃再也无法集中精力学习，只得休学回家。没过多久，杜鹃的尸体就出现在学校外的那条小河边。

萧木两天没下床。她没有喝水、没有吃饭，更没上一次厕所，她就像一具体温尚存的尸体那般躺在濡湿的床上。眼泪流了又停，停了又流，枕前散发出湿润的气味。最后，萧木的声带已经干裂，再也哭不出来。她的世界一片漆黑，她不再考虑将来的任何事情，她能做的只有听天由命。

星期天晚上，学生陆续返校，沉寂两天的校园重新焕发出勃勃生机。看着喜笑颜开的同学，萧木形单影只地隐没在操场的角落。她蹲在草地上，看着一个个身影欢快地从视野里走过。初夏的青草散发出淡淡的清香，洋溢在整个校园。夜幕降下，教室里灯光明亮。以往这时候，萧木早已安静地坐在里面认真学习。但是，今晚她只想躲在这里，希望永远消失在夜色中。

萧木第一次没有上晚自习，她在操场边坐到深夜。其间有对男女走过来，发现萧木后又立即走开。他们边走边回头，一副心有不甘的样子，又或许是想看清这么晚到底是谁孤身一人藏在黑暗里。

围墙外的小河边发出一声声虫鸣，奏着动人的乐章。夜色如水，慢慢沉静。但是，萧木的心里却躁动不安。她不知道如何面对肖海波，他是那样的爱自己；她不知道如何面对以后的人生，她原本憧憬着有个美好的未来；她不知道如何面对含辛茹苦的父母，他们背井离乡辛苦赚钱供自己读书；她不知道如何面对死去的爷爷奶奶，他们生前把自己当心肝宝贝。

愤怒伴随着狂躁的情绪一次次在萧木心底翻腾、沉落，然后再次翻腾，最终形成一股强烈的火焰冲破头脑。她迫不及待地要找到王丽丽，于是跳起来朝着寝室跑去。操场空阔，脚步在空气中回荡。来到王丽丽床前，萧木不顾寝室里还有其他同学，揪着她就往外拖，就像拽着一只奄奄一息的老鼠。王丽丽不明就里，跟着萧木歪歪倒倒地来到操场上。依然是暗影重重的角落，可空气中却弥漫着火药味。王丽丽没来得及说一句话，萧木的质问和指责就像无数根棍棒打得她晕头转向。

"星期五你表哥真的过生日？"萧木的眼睛在黑夜里发出两束怒火，"你必须给我说老实话。"

"真的啊。"王丽丽的声音快要淹没在蛙声中，"怎么啦？"

"你认识刘杰吗？"

"我表哥的同学。"

"星期五晚上你住在哪里？"

"我表哥家里。"

"你怎么到你表哥家里去的？"

"这个……"

"怎么啦？"

"我喝多了，在歌厅里就醉得全身没有力气了。后来……"

"后来怎么了？"

"后来，表哥把我扶到他家去了。"

"你为什么丢下我不管？"

"我当时喝醉了。刘杰说他送你回宿舍。"

"你这么信任那个刘杰？"

"我知道他一直都很喜欢你，所以相信他会把你照顾好。"

"你知道他喜欢我？"

"我每次到表哥家，他都在我面前说。而且……"

"而且什么？"

"他想让我把你约出去见面。"

此刻，萧木如梦初醒，后悔当初没有坚决拒绝王丽丽的邀请。

她哭了，泪水在夜色中静静地滑落。半晌，萧木抹去泪水，淡淡地说："你走吧。"

王丽丽没动，她在黑暗而寂静的校园里化成一道凝固的影子。

"你快回寝室吧。"

"我们一起回去。"

"我想一个人安静会儿，有些事我要认真地想一想。"

"想什么啊？"

"想一想未来的路怎么走。"

"好好读书，考个好大学，找份好工作。这就是你最好的路。"

"我不想读书了。"

"你不想读书了？"

"不想读了。"

"你成绩这么好，怎么突然就不想读书了呢？"

"没什么。"

"小倩，到底发生什么事情了？你告诉我吧。"

"这是我的事，与你无关。"

"我们是最好的朋友，怎么与我无关呢？"

"从此以后，我们不再是朋友。"

"你怎么这样说呢？"

"那我该怎么说啊？你告诉我，我到底该怎么说啊？"

萧木的咆哮吓得王丽丽接连后退，差点一个趔趄摔倒在地。

"小倩，刘杰是不是欺负你了？"半晌，王丽丽才嗫嚅道，"你说，他是不是做了对不起你的事？"

"他把我毁了。"萧木号啕大哭，"你和他一起彻底把我毁啦。"

萧木蹲在地上，撕心裂肺的哭泣让每一丝空气都充满悲伤。王丽丽想要扶她，却被她一把推开。自从一觉醒来发现自己被糟蹋后，萧木就下定决心与王丽丽断绝关系。今晚，她只是想把结束这段友谊的原因告诉对方。王丽丽终于明白萧木的绝望，她慢条斯理地说："刘杰喜欢你很久了，以前你和肖海波谈恋爱，所以我没有帮忙约你。后来，我听你说与肖海波彻底分开了，才把你介绍给他。但是，我没想到……"

"住嘴吧，不要再说了。"萧木强硬地打断王丽丽，"你走吧。"

"小倩，我没想到事情会这样。不过，刘杰真的喜欢你。"王丽丽慢慢向萧木靠近，"反正你与肖海波已经没有关系了，就答应刘杰吧。他的家庭条件很好，人又长得帅，而且是真心喜欢你。"

"你给我滚吧。"萧木突然站起来，"有多远就滚多远。"

结果，王丽丽依然站在原地，萧木自己却一路小跑离开操场。

萧木走出校门，来到围墙外的小河边，踽踽而行。沿途虫鸣与蛙声交织，失眠的鱼儿偶尔会跳出水面看一看这个失魂落魄的少女，然后"咚"的一声落入水中。

这是一个模糊的夜晚，月色朦胧得像一团薄薄的雾霭。萧木在河堤的草丛中坐下，花草散发出的清香扑鼻而来。可是，她无心欣赏美好的夜色，内心的不安与夜晚的静谧混合在一起。萧木莫名其妙地想起死去的杜鹃。尽管此刻她独自坐在幽僻的河边，却没有以前在寝室里听到这个故事时的惧怕。那个哭泣的女人生前到底有着怎样的冤情？被哭声惊扰的杜鹃到底是怎样一个女孩？已经休学回家的她为什么会突然死在这条河边？这些问题在萧木的脑海里交替闪现。

萧木独自坐到凌晨才回到寝室，却一宿未眠。这个夜晚，她做出了改变一生的决定。萧木决定与肖海波分手，做刘杰的女朋友。她之所以这么做，其一是自己的贞洁被刘杰所夺，对不起深爱自己的肖海波；其二是刘杰手上有她的裸照，如果不遂他的心愿后果将不堪设想。

做出这个决定后，萧木泪流满面。

## 5

肖海波看到萧木的分手信后非常愤怒，他觉得萧木要分手的理由是那样苍白。在分手信中，萧木告诉肖海波，她希望他们都能够以学业为重，现在的年龄不应该沉溺于儿女私情。肖海波觉得萧木的说辞太荒唐，他们没有沉溺于儿女私情，好好学习本来就是他们的约定。这个负气的男孩很纳闷儿，如果看不上自己，为何当初又要答应这段感情？肖海波把那张简单的纸条撕得粉碎，抛进厕所的粪坑。躲在角落里，这个腼腆的男生悄然抹起眼泪。

让萧木感到意外的是，肖海波没有找她理论和纠缠，接受了分手的现实。

分手以后，萧木与肖海波一样，坐在教室里心不在焉。无论老师讲什么，都听不进去。如果不是后来刘杰的暴露，或许萧木和肖海波今生今世都不会再说一句话。

被学校开除的刘杰常常骑着一辆摩托车出现，戴着墨镜留着长发的他，活灵活现地演绎着电影里的小流氓形象。这个因打架而获得一身臭名的男生，每个人都避之不及。不过，他再次回到学校后不是打架斗殴。一副嬉皮笑脸的刘杰，是为萧木而来。但是，萧木每次看见刘杰出现在操场边的报栏前时，心里总是无比慌乱。她不想让任何人知道自己与刘杰厮混在一起，因为那是一件丢人的事。

不过，传闻就像瘟疫那般在校园里恣意蔓延，没过多久整个学校都在谈论萧木与刘杰之间的事情。大多数人在背后指指戳戳，七嘴八舌地猜测萧木为什么爱上刘杰。有人说因为刘杰长得帅，有人说刘杰家境好。学校领导和老师再次焦头烂额，连续召开了好多次紧急会议。最终，找萧木做思想工作的还是秃头校长和"企鹅"班主任。他们一次次找萧木谈话，从青春谈到人生，从现实谈到理想，动之以情晓之以理，规劝这个成绩优秀的女孩回头是岸。不过，这一次任何人都无法让萧木回心转意。抱着破罐子破摔心态的萧木一意孤行，顺从地跟在刘杰身后，召之即来挥之即去。每天晚自习结束后，只要刘杰来接她，她就坐在摩托车上呼啸而去。

学校默认了萧木的堕落，校长和班主任每次看到她，都会不自觉地摇头叹息。

一直沉默的肖海波终于憋不住了。

六月的第一个周末，他约萧木一起回家。萧木想都没想就答应了。这不是说她想与他旧情复燃，而是她不希望把那个无辜的男孩推至绝境，她知道那封草率的分手信给肖海波带来了沉重的打击。

即便将来不再携手同行，她还是希望两人可以做朋友。

在美好的青春年华里，这是萧木与肖海波最后一次并肩前行。当时的气氛并不好，两人尴尬地走着，在相当长的路程里没有说一句话。六月的乡村并不沉闷，偶尔会有凉风温柔地拂来，抚摩着两张稚嫩的面孔。夕阳洒落在公路两边的绿叶上，映衬出的清新与两个年轻人的心情格格不入。

这是一条熟悉而陌生的路，萧木和肖海波第一次牵手就发生在这里。牵手是两人最亲昵的行为，萧木永远也无法忘记那种怦然心动的感觉。当时，肖海波的右手有意无意地触碰萧木的左手。几次试探后，他小心翼翼地勾住她的手指。开始只勾住小指头，接着是无名指。走过一小段路后，他索性一把捉住她的手，紧紧地握着。萧木震颤一下，全身开始发烫，内心狂跳不止。她目光呆滞地盯着脚下的路，不敢偷看身边的肖海波，唯有一次次用深呼吸来平息情绪。其实，肖海波与萧木一样，紧张得像个刚刚行窃的小偷。

才仅仅几个月，美好的记忆便永远地封存于心，取而代之的是漠然。萧木与肖海波依然并肩而行，但没有往日的亲密，两人之间的距离忽远忽近。走完这段路差不多用了一个多小时，直到快要分开时才开始说话。

"你为什么要骗我？"说出这句话时，肖海波并不愤怒，"你说分手是因为想好好读书，现在却跟那个刘杰混在一起。"

"我没有骗你。"萧木语速很慢，琢磨着如何说才会不伤害肖海波，"当时，我的确是想好好读书。可是，后来我不想读书了。"

"你成绩这么好，为什么不读书？"

"成绩好有什么用？考不上大学，还不是走不出这个穷山沟。"

"第一次考不上，就复习再考呗。"

"我家里很穷，哪有那么多钱？"

"难道他们说的是真的？"

"什么？"

"你和刘杰……"肖海波结结巴巴地说，"真的像同学们说的那样，是因为他家庭条件好？"

"对，他们说的是真的。"萧木继续撒谎，"中学毕业后我就不读书了，与刘杰结婚生子在小镇过一辈子。我是个女孩子，读不读书无所谓。"

两人都不说话，但脚步没有停下。暮色降临，远山哭丧着脸，看着让人心酸。细碎的脚步越来越急促，他们晃动的身影划动着清凉的夜色。宁静的乡村，农家小院里亮着昏暗的灯，厨房上的炊烟缓缓升起，最终融于苍茫的夜色。

"祝福你。"肖海波望着远处的小路，"希望你一生幸福。"

"好好学习吧。"萧木原本想说谢谢，但话到嘴边又改口说，"你一定要考上大学，远离这个小镇。"

肖海波突然停下脚步望着萧木，喉咙蠕动半天还是没有说出只言片语。

夜色越来越浓。萧木和肖海波拘谨地站在公路边，都不敢正视对方。前面有个急转弯，转过弯便是一道长长的下坡路。左右两边是羊肠小道，伸向黑夜深处。几分钟后，他们朝着左右两边走去，没有道别，没有回头。萧木几乎是一路小跑回到家，气喘吁吁地坐在昏幽的屋子里。看着斑驳的墙壁，她的思绪穿梭在无垠的旷野中。

萧木和肖海波由情侣变成路人，只用了五个月。但是，此生的牵绊和思念却绵长无期。

那年夏天很热，高温似乎要将大地烧焦。村子像个大蒸笼，老树奄奄一息，知了撕心裂肺地鸣叫。整个暑假萧木都没心思学习，成天在田野间走来走去。每天黄昏，她都会坐在村子东头的山腰间，在热乎乎的风里看着太阳慢慢沉入黑夜。但是，萧木依然望着天空，因为肖海波的笑脸悬挂在天边，永不坠落。每天傍晚，萧木都凝望着天边，先是苦涩地笑起来，接着眼泪便顺着脸颊流淌。

难熬的酷暑终于过去，但是，对于萧木来说秋天也并不好过。

开学后，肖海波没有出现在校园里。萧木以为他生病了，但一个星期后肖海波依然不见人影，她隐隐觉得事情有些不妙。忐忑地等到周末，她拒绝了刘杰的约会，独自走在回家的路上。自从萧木与刘杰的事情曝光后，孤独时刻伴随着她。在老师眼里，她是恨铁不成钢的学生；在同学眼里，她不懂洁身自好。不过，萧木不在乎这些人。她最在意的是深爱自己却受到伤害的肖海波。遗憾的是，她无脸面对他。只有王丽丽成天厚着脸皮缠着萧木。不过，自从那晚在操场上诀别之后，萧木再也没有与她过说一句话。

这天，萧木在以往与肖海波分路的路口，徘徊了大半个小时。最终，她还是决定到他的村子里走一趟。她知道也许什么线索都找不到，但这一趟必须去，否则心里难安。肖海波曾经悄悄带着萧木进过村口，所以她很快便看到昔日男朋友居住的地方。当时天色渐晚，整个村子被笼罩在暮色之中。远远望去，肖海波家的房子一片模糊，看不清是否有人居住。她深情地望着，犹豫着是否要到他家院子门前看个究竟。但是，萧木不敢这么做，她担心会给肖海波带来不好的影响。在爸爸妈妈心中，肖海波是个乖巧的孩子，如果发现孩子早恋他们肯定无法接受。

萧木退缩了，心有不甘地往回走。刚走几十米，她发现前面迎来一位晚归的老人。老人挎着一个箩筐，里面装满刚从地里摘的青菜。与老人擦肩而过的一瞬间，萧木突然产生了拉住对方打探肖海波消息的冲动。在她迟疑的几十秒钟，老人已从身边走过。萧木当机立断，转头一个箭步来到老人身边，吓了对方一跳。萧木感到抱歉，接连对老人说了很多次对不起。

"你是说波娃吗？"

"嗯。"萧木点了点头。

"波娃这孩子可惜咯，那么好的成绩不好好读书，偏偏要跑出去打工。"

"是家里不让他读书了吗？"萧木明知故问，她早已明白是因为他们之间的感情变故，肖海波才放弃上学。

"哪里是哦，他爸和他妈很想让波娃读书。"

"那他为啥不读了呢？"

"不晓得嘛。我听说是这个娃儿想到外面去挣钱。"

"那你晓不晓得他到哪里打工去了？"这个问题有点多余，但萧木还是问了。或许，潜意识里她也想知道肖海波到底去哪儿了。

"听说在云南搞建筑。"

"搞建筑？"萧木略显吃惊，尖细的声音刺破浓浓的夜色。

"对哦，听说是在工地上搬砖。十几岁的娃娃，干这样的苦力活真是遭罪。"

听老人这么说，萧木心里一阵绞痛，汹涌的愧疚让她感到胸闷。她向老人道谢后，转身刚走两步，背后又传来老人朦胧的声音。

"女子，你是波娃的同学吗？"

"嗯。"萧木又点了点头，撒腿逃走了。

整个晚上，萧木躺在床上没有合眼，脑子里总是浮现出肖海波瘦弱的身体在某个工地上忙碌的样子。他灰头土脸，他瘦骨嶙峋，他青筋暴凸，他汗如雨下。肖海波的影子，不断在萧木的脑海里变幻，敲击着她脆弱的神经。

秋意越来越浓，校园里的树叶纷纷落下，操场边的小路上铺满枯黄的叶子。傍晚的风已经有些凉了，操场角落显得冷冷清清。那些偷偷摸摸约会的同学，早已不知去向。萧木决然地放弃了学习，身在课堂却心不在焉，好多次困得不行趴在课桌上迷迷糊糊地睡着了。刚开始，老师还会善意地叫醒她。后来，大家都觉得萧木不可救药，就睁一只眼闭一只眼，假装没看见。上课成了她最难熬的事情，每天迫不及待地等待晚自习的结束。

刘杰每个星期会来找萧木几次，每次都是在镇上的某个饭馆吃饭喝酒，凌晨时到他家一边看色情电影一边做爱。她对刘杰厌恶至极，总是想尽办法推脱。开始时刘杰有些不满，慢慢地便习惯了萧木的拒绝，即便是寒冷的冬天在学校门口空等一场，也只是悻悻然地骑着摩托车离去。但是，萧木接受了刘杰每周至少见一次面的要求。她无法彻底拒绝刘杰以及他持续带给自己的伤害，因为他手上还留着她的不雅照片。

　　大部分时间，萧木都在夜深人静的时候躲在操场的角落里，漠然地仰望着深邃的夜空。黑夜和树木带给她十足的安全感。孤独无助的萧木，思绪漫天飞舞。她羡慕夜空里的星星，幻想着有一双翅膀带着自己飞上月球。在她心里，那是自由的天地，那里没有伤害和彷徨，那些若隐若现的光亮让她感到欣慰。

　　但是，肖海波的样子总会不失时机地跳出来，那张羞涩的脸在萧木眼前飘来飘去。她回忆着他们一起回家的情景，想象着他在异乡工地上挥汗如雨的样子，咀嚼着情书中那些拘谨而质朴的表白。甜蜜与苦涩交织在一起，产生出一种无力的思念。几个月来，萧木无时无刻不在想念肖海波。如果他能在任何一个夜晚从天而降，她将毫不犹豫地投入他的怀抱。如果梦想成真，她要用一生一世的温情守护他。可是，这仅仅是萧木的想象。她不知肖海波身在何处，她希望有一天他能够真实地出现在自己面前，而不是只在想象中远远地看着自己，含情脉脉，似笑非笑。

　　肖海波终究没有在萧木的期盼中神奇地出现，幻想之后换来的是内心强烈的空虚。不过，她依然不愿挪动脚步回到寝室，而是坐在草地上发呆。直到整个校园再无一个人影，她才摇摇晃晃地穿过操场，悄悄地溜进寝室。好多个夜晚，萧木躺在床上，眼睛直愣愣地盯着屋顶。她想要冲破屋顶，看到天空和繁星。那样，她的心绪才能获得宁静。但是，萧木只能硬挺挺地躺在床上，全身冰凉而僵硬。

　　这样的日子显得特别漫长，秋天好像永远都过不完。老树的叶子每天都在掉落，但冬天的脚步始终没有到来。萧木盼望冬季早点来到，她认为寒冷会让自己缩小，小到不被任何人注意。萧木无心学习，甚至不想出现在校园里，但她无处可去。

萧木想逃离学校，可又能逃到哪里去？


# 6


冬天的脚步刚刚临近，早晨的雾气越来越浓时，萧木的世界彻底坍塌了。

那天是星期三，语文老师在绘声绘色地讲一首杜甫的诗，萧木昏昏沉沉地趴在课桌上。这时候，学校传达室的人闯进课堂叫萧木出去接电话。语文老师有点不高兴，那位憨厚的大叔满脸歉意地解释：电话是上海打来的，说有非常重要的事情，非要萧木立即接电话。语文老师看了看萧木，示意她可以出去接电话。萧木懒洋洋地站起来，不急不忙地走出教室。她听说电话是上海打来的便了无兴趣，因为她知道那个城市打来的电话都是些无关痛痒的问候。两年前，她就不再期待来自上海的问候与关心了。

但是，这一次萧木错了。

电话是小姨打来的。那个从小声音就沙哑的中年妇女，在情绪悲伤时说话根本听不清。她在电话那端絮絮叨叨了很久，几乎都被哭声淹没了。萧木冷漠地站着，麻木地听着。半晌，她不耐烦地说："你能不能说完了再哭或者哭完了再说？"

"你妈死了。"

"怎么死的？"

"跳河。"

"她为什么要跳河？"

"你爸在外面乱搞女人。"

"我爸有外遇？"

"那个臭不要脸的老家伙，与一个卖豆腐的女人搞在一起。"

"我不相信，我要给他打电话。"

"你妈跳河死了后，他就不见人影了，电话一直关机。"

萧木错愕地挂断电话，瞅着传达室门前那条臭水沟，心里翻江倒海很想呕吐。她双手捂脸，朝着校门外跑去。萧木没有哭，只是感到有种说不出的痛苦与悲伤。她沿着河边一路向前，速度慢慢降下来，最终变成在河边迷茫地徘徊。河水清澈，缓缓流淌，小石子被冲刷得干干净净。田野一片萧条，刚刚播种的麦子还没生长发芽，黄色的泥土十分干裂。很久没有下雨了，萧木莫名地回忆着上次下雨的具体时间，却始终想不起来。

坐在河边的草地上，妈妈的音容笑貌在萧木的脑海里浮现。她无法接受妈妈已经死去的事实，但是小姨的话还清晰地在耳边回旋："跳河。"萧木不知道带走妈妈的那条河到底长什么样子，只知道自己从此以后将孤身一人。尽管她对父母的依赖很少，但是成为孤儿的现实依然让她感到无助。这样想着，一直憋着的泪水决堤而出，萧木在萧瑟的季节里撕心裂肺地哭泣。

无话不谈的王丽丽欺骗了萧木，两情相悦的肖海波远离了萧木，现在就连爸爸妈妈也丢下她。应该绚烂绽放的花朵，却枯萎在一片废墟上。十六岁的萧木堕入黑暗的深渊，不知何去何从。

死在小河边的杜鹃和那个耸人听闻的故事再次从远处钻出来，萧木想结束生命，可是，她又对这个世界保持着最后的留恋。萧木别无他求，世间的一切对她来说已无关紧要，唯独流浪异乡的肖海波让她放心不下。她对他有愧疚，但更多的是爱恋。萧木想活下来，用一生去寻找肖海波。

万念俱灰的萧木告别了校园，她没有与任何人作别，连退学手续也没办理。书包、文具，以及所有学习用品都留在课桌上。萧木从学校带走的，是那个木头箱子。箱子里放着她最珍贵的东西，那是肖海波曾经写给她的情书。泛黄的纸张上那些褪色的文字，如一颗颗繁星发出微弱的光芒，一次次温暖着她冰凉的心，一次次把她从绝望中拖出来。

伤痕累累的萧木退缩到生命开始的地方。

老屋长期无人居住，已经腐朽得摇摇欲坠。但是，她却感到无比温暖。从记事开始，这是萧木最具有安全感的一段生活。经历太多伤害后，任何庇护都觉得是一种巨大的安全。萧木把自己关在屋子里，发呆、睡觉、沉思。她慢慢学会了抹去忧伤，在绝望中寻找宁静。只是，平静下来后她比任何时候都想念肖海波。

日复一日的思念在心底聚集，形成一股巨大的力量。萧木明白，她必须找个发泄口，否则自己承受不住这样的煎熬。于是，她开始把对肖海波的思念写在原本用来写作文的本子上。"这是我写给你的情书，尽管你看不到。"萧木这样想着。

无论怎么克制，那些汹涌而绵长的思念都会喷薄而出。萧木在第一页上写着"想你的三百六十五天"，这就像一道咒语，紧紧地缠绕着她。接下来的日子里，如果某天没有把内心的想念写成文字，她就感到浑身难受，坐立不安。作文本在床头越堆越高，但萧木笔下的思念却仍如山泉般涌动。

　　时间一天天过去，又一天天涌来。萧木写给肖海波的情书，伴随着她度过了难熬的冬天。第二年春节还没过完，大年初十她便背着行囊远走他乡。村子里有个同龄女孩在广州一家皮鞋厂打工，萧木跟着她开始了漂泊无依的生活。

　　工厂的生活枯燥、乏味，在繁重的工作之余，萧木依然一封封地给肖海波写那些注定无法寄出无人接收的情书。这些带着温度的文字，给萧木带来了莫大的勇气。她执拗地认为，如果肖海波还活着，只要自己不断地表达心中的想念，他一定会听到，然后跟着她内心的呼唤来到自己身边。

　　后来，萧木除了每天给肖海波写一封情书外，还爱上了小说创作。在百无聊赖的日子，她在虚构的世界里寻找虚无缥缈的慰藉，倾听自己内心的声音。从此以后，萧木走上了一条艰辛的写作之路。写作对于萧木来说不是人生的一种选择，而是命运。

# 第四章　破碎的过去

## 1

　　我与萧木的第一次交流持续到傍晚时分，窗外暮色早已笼罩着一条条街道。橘黄色的灯光轻轻落在行人身上，整个城市充满温情。我约萧木吃晚饭，希望听到她更多的故事。但是，她婉言谢绝了。她说自己回到这个城市后从来不在外面吃晚饭，八点之前必须回家。

　　我以为是她缺乏安全感，对社会保持着警惕。作为一个受过创伤的女人，对一个刚刚认识的男人充满戒备情有可原。不过，我误解了她。萧木每天晚上一成不变地待在家里，仅仅是因为她要回复绝望收藏室的来信。

　　"我担心错过回复求助信的一分一秒。"萧木停顿片刻，"因为，或许错过一秒钟就会错过一个鲜活的生命。给在绝望边缘挣扎的人带去希望，分秒必争。那些自杀的人，往往都是一念之差。"

　　萧木站起来向我说抱歉，并郑重地道别。眼前的她身材颀长、长发披肩，举手投足间散发出别样的魅力。我也跟着站起来微笑地看着她，然后轻轻地握手。她在工厂里的生活以及后来的创作之路还没来得及讲述，所以我们约定本周五在老地方见面。我对她这期间的心路历程更感兴趣，毕竟从这时候开始，曾经的王小倩变成了现在的萧木。

我依然坐在原地，杯子里的咖啡早已冰冷，我却不想回家。桌子上放着各种时尚杂志，我一本一本地翻阅，每一本都索然无味。杂志上那些浓妆艳抹、搔首弄姿的女人，与萧木相比淡如白水。邻桌不知什么时候来了一对男女，旁若无人的亲吻说明他们处于热恋之中。小伙子看上去很年轻，他的女朋友应该比他大很多，脸上那些遮掩不住的皱纹表明她也许已过不惑之年。这一对怎么看都让人有点难受。小伙子发现我在偷看他的女朋友，于是给了我一个不太友善的眼神。我觉得气氛有点无趣，匆匆埋单走人。

在那个常去的小馆子吃牛肉面用去了半个小时，街角那个书亭耗费了我二十分钟，回到家已快八点了。我没有感到丝毫的疲乏，反而有些莫名的亢奋。我抽出保罗·奥斯特最新出版的小说，翻了两页就放弃了。小说写得非常精彩，一开始主人公就被自己锁在一个地下室里，没有钥匙，没有通信设备，绝望的他在这个连窗户都没有的密室里孤独无援。接下来小说怎么发展，非常考验保罗·奥斯特，同时也是读者最大的期待。可是，我真的没有兴致继续阅读下去，尽管我是如此喜欢这位美国作家。

合上书本，我倚在窗户上，心思散漫地望着深邃的夜空。良久，我转身下楼，徘徊在熟悉的街头。我坐在树荫下，看着人们缓缓从眼前走过。他们或牵手同行，或相拥而过。初夏的空气里弥漫着暧昧与温情，我安静地坐在暗影里，内心空空如也。但是，我享受这样的生活。若童死亡的阴影慢慢淡去，希亚离去的寂寞逐步适应，我在平淡的生活里享受着难得的闲适。即便没有萧木的蓦然出现，我的人生依然不孤独。

时间悄然被寂寞的夜色带走，街上行人逐渐稀少，偶有汽车飞驰而过，轰鸣的马达声瞬间便被夜晚吞没。我没有抬起手腕看时间。不是我没有力气，而是此时此刻到底是几点几分对我来说毫无意义。我早已一头扎进时间的海洋里，随波逐流。我站起来，拍拍屁股上的灰尘，转身离去。但我没有回家，而是朝着与家相反的方向踱着步子。

寂静的街景，缓缓向后移动。我以为自己迷失了方向，但当走到第二个十字路口时，街边那幢大楼熟悉的霓虹灯告诉我，前面向左拐就是槐树巷。这个发现让我一个激灵，脚步不自觉地停下来。我站在幸福大街的路牌前，迟疑着要不要继续往前走。我知道，萧木就在槐树巷 66 号的某个房间里。

我在十字路口犹豫着，左顾右盼的样子活像只闯入大街的老鼠。红绿灯不知疲倦地闪烁，但我依然没有挪动半步。片刻后，我索性来到街边石头凳子上坐下抽烟。石头冰凉，让我浑身上下都生出凉悠悠的感觉。狠狠地抽了几口后，整个喉咙充斥起强烈的辛辣。我猫着腰捂着胸口剧烈地咳嗽，肚子痛得仿佛肠子乱成一团。我低垂着头，脑袋快要掉在地上了。

半晌，我终于缓过气来。在抬头的过程中，我蓦然发现离我约三十米的地方蹲着一个男人，嘴角上同样叼着一支烟。我觉得有些蹊跷，便斜着脑袋瞅着对方。即便夜色朦胧，我也能够清晰地看到他慌乱地转过脸去，看着街对面那个通宵营业的火锅店。火锅店门庭冷落，服务员男男女女地围在门口聊天，声音忽远忽近。我意识到，那个男人绝对不是个在午夜时分无所事事的游荡者。我目不转睛地看着对方，但让我感到意外的是，他只是悠闲自得地抽着烟，看都不看我一眼。几分钟后，男子把烟头摔在地上，朝着对面火锅店的方向走去。地上的烟火还未完全熄灭时，他已经消失在苍茫的夜色里。

我在绿灯还有五秒钟时仓促地站起来冲过街道，中途用力地把烟头砸在斑马线上。我一路小跑来到槐树巷，朝着 66 号门口走去。抬头望去，萧木的房间里还亮着灯。透过窗帘，我能看见她专注、忙碌的身影。我想起她说要争取一分一秒回复"绝望收藏室"的来信，便觉得不应该去打扰她，即便自己此时此刻非常想要见到这个女人。站在昏暗的槐树巷 66 号门口，我纳闷儿自己为何如此急切地想要见到萧木，我们不是几个小时之前才分开的吗？这种心潮澎湃和心猿意马的感觉，对于历尽沧桑的中年男人来讲十分奇怪。"我喜欢上她了？"我扪心自问，并在黑夜里发出自嘲的笑声。

伫立在院子门口，我发现萧木窗口的光线越来越黯淡，她的身影越来越模糊。于是，我决定离开。我转身的速度非常缓慢，就像电影里的慢镜头。当我刚刚转过来时，发现一个男子侧靠在巷子入口的一棵老树上，整个身体就像是被削了一大块，嘴角的烟头正发出透明的火光。一幅画面立即浮上心头，我发现对方就是刚才蹲在地上的那个神秘男子。一瞬间，他掉头就往幸福大街上跑，敏捷的动作就像一只觅食的狐狸。在这样一个夜晚，被人莫名地跟踪让我恼羞成怒。我一个箭步冲过去想要抓住那个浑蛋，搞清楚他到底有什么企图。

我跑到幸福大街与槐树巷的交界处时，远远地看到那个男子弓着身子撅着屁股使劲往前跑，每跑一段距离便回头观望我是否追上来。当他发现我已经追到路口时，更是爆发出无穷的力量，甩着胳膊撒着腿亡命地奔跑。我仅仅停了几秒钟，便奋力追了上去。

午夜的大街，空气中弥漫着神秘的味道。男子一口气跑了几百米后，突然停下来回头看了一下。看到我不仅没有停下脚步，速度反而比之前更快，他意识到我下定决心一定要逮住他，便转身继续飞奔，这个夜晚再也没有回过一次头。

他跑得越快，我就追得越疯狂。

我们从幸福大街左拐进入一环路，顺着一环路逆向朝南飞奔。在第一个路口右拐，来到文化路。文化路很长，两边绿树成荫，路面凹凸不平。可是，我们都觉得脚下一马平川，拼命地奔跑。文化路的尽头有座天桥，当时路口正好是红灯，我看到他一大步跨上天桥的阶梯往街对面跑。我看着眼前数十步阶梯，疲惫顿时蜂拥而来，身体里的气息陡然下降。但是，我不能停歇，否则那个来路不明的人马上就要从我的视野里消失了。扶着栏杆的右手猛地用力，我借力向上继续跑起来。

奔跑，追赶。

街灯在眼前晃晃悠悠，耳朵里充斥着呼呼的风声。

我不知道对方姓甚名谁，也不知道他跟踪我的目的何在。两个素不相识的人在午夜的大街上狂奔，双脚一前一后急促、机械地交替。从天桥下来后，他沿着文化路来到一环路，从一环路拐进幸福大街。我气喘吁吁、双腿酸软，但咬牙坚持不能被甩掉。不过，我和他之间的距离越来越大。我快要没有力气了。停下来喘口气，紧接着又追了上去。可是，他却一步都没有停歇。

当我用尽最后一口气来到槐树巷时，眼睁睁地看着对方冒着被汽车撞飞的危险冲过红灯，然后朝左边的小巷子飞奔而去，消失在一团黑色之中。我在一棵树前蹲下来，剧烈跳动的心脏慢慢平静，只有满腔无奈在心底蠕动。

我摸出一根烟，点燃后索性靠在树上抽起来。此刻，我才惊讶地发现，这棵树正是那位神秘人物此前倚靠的那一棵。

抽完烟，我拖着疲软的身体，吃力地站起来往回走。

路过第一次发现神秘人物跟踪我的地方，我刻意地停下来四处张望，却一个人影都没看见。火锅店门前空无一人，刚才那些叽叽喳喳的服务员早已不知去向。我失魂落魄地走在回家的路上，但总是隐隐地觉得有一双眼睛在某个黑暗的角落盯着自己。这样想着，我不禁加快步伐，尽管我的双腿沉重得像两根水泥柱子。

## 2

回家后，我脱光衣服躺在浴缸里，让热水漫过全身。望着雾气缭绕的天花板，脑海里闪烁着今晚似真似幻的经历。我把熟悉的人和事一遍遍梳理，无数次重叠与组合，依然找不到底是谁派人跟踪我，以及背后到底有何目的。

　　我虚脱地闭上眼睛，疲倦和睡意不失时机地袭来。如果不是手机铃声响个不停，我可能会在浴缸里睡到天亮。此刻，水已冰凉，我慢悠悠地从衣物架上抓起手机，屏幕上"陌生人"三个字不断地闪烁。

　　电话是希亚打来的。

　　自从离婚那天起，我就把希亚的电话存为"陌生人"。每次电话响起看到这三个字时，内心的抵触和焦灼感就会有所缓解。不过，这还是希亚从这套房子里搬出后第一次在凌晨来电。我犹豫着，电话铃声停下后又焦急地响起。

　　"怎么不接电话？"

　　"不是接了嘛。"

　　"我是问你刚才在做什么？"

　　"洗澡。"

　　"洗澡也可以接电话啊。难道有其他人不方便？"

　　"刚才在浴缸里睡着了。"

　　"最近怎么啦？前几天我过来时，就发现你不对劲。"

　　"有人监视我、跟踪我。"

　　"监视你？"

　　"是的。"

　　"在家里安装摄像头了？"

　　"那倒没有。我家里安全得很，没有人能够进来。"

　　"那你怎么知道有人监视你？"

"我刚才在外面散步，偶然发现有人鬼鬼祟祟地跟踪我。被我发现后，对方转身就跑。我追了七八条街，结果还是让他逃掉了。"

"天哪！居然有这样的事。"

"你觉得可能是哪些人在背后搞鬼？"

"我怎么知道。"

"我是让你帮我分析。"

"作为畅销书策划人，我能够分析哪一本可能成为畅销书。但是，我也仅仅是个图书策划人，而不是私家侦探。"

"图书策划人其实就是侦探。"

"你这话是什么意思？"

"真正的金牌畅销书策划人，必须以侦探的姿态和眼光，从千万部作品中发掘最具市场潜力的好书。"

"就像我当初发掘你一样？"

希亚的话噎住我了。

"你半夜三更给我打电话，有什么事？"我及时转移话题。

"这周我不过来了。"她轻轻地说，似乎刻意压着嗓子不敢大声说话。

"为什么？"

"临时有事，给你请个假，批准吗？"

"这是你的自由，根本用不着跟我请假。"

这一次，轮到希亚哑口无言了。

我并非咄咄逼人，但面对希亚的纠缠的确有些反感和难以应付。我曾无数次暗示过，她无须每个周末来陪我。我们的婚姻从一开始就是个无法挽回的错误，在几千个日日夜夜的背叛中，我们都受到无法言喻的伤害。结束，是最好的疗伤。

"我们还有机会复合吗？"

"我从来没有想过复合。"

"可是，你为什么每个星期六都还要与我上床？"

"你不来，我们就没有机会上床。"

"你的意思是我下贱？是我自讨没趣送上门让你睡？"

"我不是这个意思。"

"那你他妈的到底是什么意思？"

"我什么意思都没有。"

"墨非，你他妈的是个彻头彻尾的王八蛋。"

希亚怒气冲冲地掐断电话，"嘟嘟嘟"的声音听起来十分过瘾。这个荒诞离奇的夜晚，我从那个被我抛弃的女人身上获得了意想不到的快感，比以往任何时候在床上的激战都让人满足。我并不想伤害希亚，但她所有的付出对我们的感情来说都于事无补。

我从冰凉的水中出来，浑身湿漉漉地倒在床上沉沉地睡了。醒来时已是早晨六点，初夏的阳光风情万种地穿过窗帘的缝隙飘洒进来。我不记得自己是否半夜从衣柜里拿过任何东西，但此时身上盖着一张薄薄的床单。难道希亚半夜来过？这个念头只在脑海里存在了一瞬间便消失得无影无踪。我慵懒地躺着，竭尽全力地抛开杂念，让自己沉浸在一片纯净的世界里。

《给你的情书》早已停止，我想这辈子可能都无法将它写完。若童在世时，我没有好好珍惜她，现在写一部纪念她的作品又有何用？在那些仓皇无措的日子里，我甚至怀疑自己不过是打着纪念若童的幌子来找回曾经激情澎湃的创作状态。只是，一切努力与挣扎都以失败告终。我这个风靡一时的作家，因为若童的死亡被揭开了神秘的面纱，从此便无人问津。我并没有破罐子破摔，但事情本身却沿着无法挽回的态势滑向深渊。

最近五年来，我写得最好的文字是《寻找萧木》这篇短文，不过引起的反响却是因为主人公是个已经自杀三年的美女作家，关注的人抱着无聊而狂欢的八卦心态。这样的文章谁来写都会引起轰动。人们并非欣赏文字的美感，而是希望找出这桩命案背后隐藏着怎样的阴谋或者活色生香的风流韵事。

此刻，萧木在干什么？读书还是写作？我搞不清自己为什么会有这样的想法。自从第一次见面后，我的脑子里总会时不时地想起她。如果昨天晚上不是潜意识里想着再次见到她，我就不会半夜出门，更不会在午夜的大街疯狂地追逐一个鬼鬼祟祟的男子。

下楼吃了二两牛肉面，我便回到家里。在书房里呆坐片刻后，我随手拿起放在桌子上的《耻》准备阅读。库切的文字总是那么节制而冷峻，简洁有力的《耻》是我反复阅读的经典之作。与库切的相遇并非希亚的推荐，而是在书店的偶遇。那是个秋高气爽的下午，跳过译者冗长的序言，库切所写的第一句就让我欲罢不能。我坐在书店里就着一杯清茶，一口气在黄昏来临之前把它读完，并掏钱买了下来。有那么一段时间，我试图在这部作品中寻找重新创作的灵感和勇气。不知道是库切的《耻》太强大还是我太堕落，我读的次数越多，重新创作的勇气就越弱。但是，我却从未把这本书藏在书柜里，它总是出现在最显眼的地方，任何时候随手便可翻开阅读。

今天阅读的感觉非常不错，读到戴维·卢里教授离开学校前往女儿的农场时，我放下书本，到厨房为自己沏了一壶茶，重新回到书房时，我盯着这部装帧精美而庄重的小说凝视了很长时间，最终还是把它丢在一边。

我打开电脑，漫无目的地在网上闲逛。我在各大网站之间切换，发现这个世界并未发生什么让人悲伤或者喜悦的事情。一切都平淡无奇、索然无味。然后，我打开微博继续消磨无聊的时间。依然很沉闷。我的微博上没有转发、评论和私信。我并不期待有人联系自己，但是看到微博上静悄悄的，依然有点莫名的失落。我查看了"寻找萧木"这个微博账号，同样没有获得想要的东西，上一次它发布消息还是三个月前。内容很简单：无论你在哪里，我都要找到你。在人海茫茫中寻找你，是我今生的使命。我仔细回想，三个月前我那篇《寻找萧木》刚刚发表，并在社会上引起反响。我再一次纳闷儿，躲在"寻找萧木"这个微博背后的人到底是谁？他为什么要寻找萧木？

与以往任何时候一样，这样的追问没有答案。

一股强烈的好奇心在心底莫名地升起。我滑动鼠标，点开"寻找萧木"所关注的人。数量十分有限，一共三十一个人。我继续滑动鼠标，上上下下好几次，最终点击进入一个名叫"汪星人"的微博，浏览着琳琅满目的信息。"汪星人"所发的信息大部分都是关于宠物狗，偶尔发几张经过处理的照片和清淡的文字。从照片中看，微博的主人是个三十来岁的女人，除了额头太宽之外还算得上是个美女。我手中的鼠标继续滑动，光标指向"汪星人"所关注的人，打开一个名叫"都市教授"的微博并查看了所有消息，大部分都是调侃社会万象的段子，有一些还是比较搞笑。

这个百无聊赖的上午，我干了一件事后自己都觉得不可思议但又十分有趣的事情。从"寻找萧木"到"汪星人"，从"汪星人"到"都市教授"，我从陌生人所关注的人中随意挑选一位，看完其所有消息后，再从其关注的人中挑选一位查看他发布的消息。以此类推，我用三个小时查看了一百多位陌生人发的图片、文字，以及各种视频。直到我看到"莎士比呀"最近发的一条消息后，才停了下来。

"莎士比呀"的最新一条消息是三天前发布的，内容与我有关。当我看到"墨非"两个字时，表情瞬间便凝固了。"只要是墨非先生创作的《新人生》、《当幸福擦肩而过》、《守望》和《墨非随笔手稿》，我们不惜一切代价回收。如果你有，请与我私信联系。"就是这条简短的帖子，让我的眼睛死死地盯着电脑屏幕。

好半天，我才明白是有人高价回收我的作品。但我不明白的是，到底是谁愿意不惜一切代价回收我的作品，背后的动机又是什么。我特意查看了这条信息的回复，有一千多人表示自己手中有我的作品，并愿意高价出售。不过，没有一个人问对方到底为什么要回收，大家都欢呼雀跃地表达着可以挣一笔大钱的兴奋。我坐在电脑前发呆，陷入长久的思索，手中的烟一根接一根。好几次，我试图向对方发个私信，表明自己手上有他想要的图书，但是自己的微博很容易泄露身份。而且，我又没有心思重新注册一个新的微博去探个究竟。我把这个微博账号收藏了，时刻关注其动向。

关掉电脑后，我失落地走出家门。每当我迷茫时，都必须走出书房，穿梭于这个城市的大街小巷，看那些斑驳的墙壁，或者天空中惊慌的飞鸟。我特别喜欢鸽子，它们的叫声中充满令人心悸的忧伤。这个明媚的初夏，我掉进深不可测的迷宫，陷入前所未有的迷惘。温热的风吹拂着我的脸庞，我却感受不到一丝惬意。我在一条条街巷里穿梭，却越来越茫然。那些集中出现的疑虑，如硕大的蜘蛛网罩在我的头顶。

回家后，我关掉所有门窗，把自己封闭在书房里，一头扎进书本中。我希望阅读能够让自己安静下来，让一个个文字填充我恍惚而慌乱的内心。但是，这并没有效果。我表现出神经质一般的执拗，明知道那些文字如一个个魔鬼，抗争着不愿意进入我的大脑，我却硬把它们往里面塞。我不记得自己吃了多少顿饭，却没有任何饥饿感；我不记得自己睡了多少时间的觉，也没有任何困顿。三天后，当我奋力冲出凌乱的书房时，镜子中的我恍惚变成了另外一个人。头发蓬乱，眼皮下耷，惨白的脸上扎满长长的胡须，没有血色的嘴唇布满裂痕。

我看了看手表，想起今天下午要与萧木见面。于是，我疯子般冲进卫生间，把自己丢进浴缸里。水哗啦啦地洒下来，冲刷着我冰凉而僵硬的身体。我躺在浴缸里，活像一只在岸边炙烤了半天的鱼终于找到重生的机会。十来分钟后，温热的水才让我逐渐清醒。我漱口、剃胡须，用快要过期的洗面奶把脸上的仓皇清洗得干干净净。我光溜溜地站在镜子前，发现自己仿佛又回到了以前的样子。虽然不是那个意气风发的畅销书作家，但也不至于是一具不折不扣的行尸走肉。

换上皱纹满布的衣服，我急匆匆地下楼吃饭。还是那家牛肉面馆，只不过店里的服务员换成了一个满头黄发的女孩。听她说话的口音，应该与我是老乡。不过，此刻我没有心思与陌生人交流。这一次，我一口气吃了三两牛肉面。那个刚刚上班的服务员看着狼吞虎咽的我，想笑却没有笑出来。

离约定的时间尚早，但我还是直接来到上岛咖啡。这个时候人很少，飘绕的轻音乐在空气中流淌。我随意翻了几本杂志，抽了几支烟，便斜躺在沙发上看着窗外。天气越来越热，树上的新叶越发茂盛。我想起小时候在乡下的时光，阳光明媚的时节总是喜欢爬上一棵枝繁叶茂的树，痴迷地嗅着嫩绿树叶的味道，感觉那是世界上最美的享受。当我背井离乡漂泊到这个城市后，闻到最多的却是汽油味，以及人们叽叽喳喳的口臭。

在漫长的时光隧道里，我斜躺在沙发上慢慢沉入梦中。醒来时，已经五点半了。我和萧木约定在五点相见。我感到有些异样，以我对萧木粗浅的了解，她是个非常具有时间观念的人，一般情况下不会迟到甚至爽约。我在心里告诉自己，或许她临时有事耽搁了，再等一会儿吧。我向服务员重新要了一杯咖啡，安静地坐着等待萧木的出现。

傍晚时分，人渐渐多起来。邻桌来了一个女人，戴着金丝边框眼镜，面无表情地盯着天花板上那盏做工精良的灯。我偷看了她几次，但她却始终盯着灯目不斜视。时间一分一秒地过去，半个小时在我发呆时又悄然溜走。我想给萧木打个电话，或许她太忙而忘了我们的约定。可是，我听到的却是电话已关机的提示。

我立即失落和慌乱起来。

如果说萧木因为有事不能前来赴约，我可以理解。但是，她居然关机了。我想，她一定遇到了麻烦。我到前台埋了单，"噌噌噌"地冲出去。外面夜色初降，但路灯还没有打开。我步履匆匆，焦灼地朝萧木的住处走去。几分钟后，我来到槐树巷 66 号，飞奔着上楼来到萧木的门口，迫不及待地敲门。

咚咚咚……

无人应答。

咚咚咚……

依旧没人给我开门。

我的情绪瞬间发酵，焦虑和躁动在心里膨胀，形成一股强大的力量往脑门上蹿。我大声喊道："萧木，你在不在？"

只有自己的回音在凌乱而充斥着灰尘的楼道里回旋。

"萧木，我是墨非。"

还是没有听到萧木的声音。

我抡起拳头再次砸门，依然无人回应。接着，我又拿起手机给萧木打电话。"您拨打的电话已关机"这句温柔而绝望的话，彻底击溃了我。站在紧闭的铁门前，楼道里潮湿的气息将我包围。人不在家，电话关机，我与萧木之间唯一的联系方式被完全切断。此刻，我才发现我们之间的关系是如此脆弱，轻而易举就能从对方的世界里消失。

半晌，我垂头丧气地转身准备离开，每下一步楼梯，内心的失落就增加一点。踱步走出院子站在门口，我蓦然发现槐树巷66号这个门牌中的"66"不知道什么时候掉了，留下一个刺眼的灰色印子，就像一块永远无法愈合的伤疤。我怔怔地看着，内心涌动着复杂的情绪。

走在回家的路上，我感受到从未有过的孤独。但是，我依然抱着渺茫的希望，觉得萧木不过是临时有事外出，刚好手机没电自动关机了。毕竟，生活中总会有些无法预料的事。这样想着，我失魂落魄地回到家。

我没有心情做任何事情。呆坐片刻后，我打开电脑上网，读读新闻、看看微博，没有任何信息能提起我的兴趣。"莎士比呀"的微博也没有更新，整个世界寂静得可怕。我又给萧木打了几次电话，结果与先前任何一次都没有区别。

夜色沉闷，天空正在酝酿一场随时降临的大雨。我躺在床上，昏昏地睡去。

第二天醒来时，一个清晰的梦境反复出现在脑海里。在经历一场灾难后，整个世界就只剩下我一个人。举目四望，一片废墟，焦土与瓦砾中冒着青烟。恐惧弥漫着大地。我大声呼叫，但声音全被堵在喉咙里。我无助地站在废墟上，仓皇失措。转瞬之间，我发现周围的废旧建筑和光秃秃的树木越来越高。我慌张地原地打转，才发现不是周围的事物在升高，而是脚下的土地正在缓缓下沉。我立即意识到自己将掉进万丈深渊。我爆发出惊人的力量，怒吼着："救命啊！"

我在这声怒吼中醒来，发现自己躺在床上冷汗淋淋，床单已被踢在地上。

简单地洗漱完毕后，我又给萧木打电话，依然处于关机状态。我并不甘心，下楼朝她居住的地方走去。半个小时后，我见到的情形与昨晚完全一样。即便是我使出全身的力量敲门，那扇锈迹越来越重的大门也没有打开。我不得不再次失望而归，心灰意懒的我选择绕过幸福大街走另一条路回家。

路过那家报亭时，我发现那个头发越来越白的大姐在整理书报，看样子是要搬家。我过去问她怎么了，她说不做了。我问她生意是不是真的做不下去了，她说生意不好身体也不好，人也老了就不想折腾了。整个过程她都没有抬一下头，我想她或许都不知道也不想知道到底在与谁说话。

"你知道 66 号里住的那个女孩吗？"刚走几步，我又掉过头回去问道。

"那个院子就她一个人住，我怎么会不知道呢？"她依然没抬头，把一张进货清单撕成碎片丢进垃圾桶里。

"我怎么找不到她呢？"

"你找她做啥？"

"有点事情。"

"你是她朋友？"

我点了点头。

"什么朋友？"她终于抬头看了我一眼，"原来是你呀！"

我想在她萧条、惨淡的生意中，自己算得上忠实的顾客，几乎每隔一段时间就会光顾一次，而且每次都会买一大堆图书和杂志。

108

"她是我的老乡。不过，我很久没有看到她了，后来才听说她住在这里。"

"你要早几天来还能见到她，现在好像搬走了。"

"搬家了？"

"前天才搬走的。"

"你知道她搬到哪里去了吗？"

"这就不清楚了，我与她不熟。我一直都觉得她很奇怪，白天总是独来独往，晚上家里的灯通宵地亮着，感觉神神秘秘的。"

"这有什么奇怪的？"

"你想呀，一个单身女孩子，为什么会住在一幢无人居住的废弃大楼里？"

"你认为这有什么不好吗？"

"那倒没有，只是觉得这不合常理呀，就像是她在干什么见不得人的事情一样。"

我点点头，心想的确如她所说，萧木的表现是有点不合常理。但是，这个世界不是所有事情都合常理。那些不合常理的事，未必就是坏事。只有见不得人的事，才是坏事。

带着失落与惆怅，我急匆匆地往家走。此刻的我特别想念那个冷清的家，只有那套房子才能让我感到安全、可靠。我不会再给萧木打电话，更不会到槐树巷 66 号去守候她的突然出现。她既然已经搬家，那么关机就不是因为手机没电，而是要彻底切断与我或者生命中其他某些人的关系。我确定萧木已经从我的生命中彻底消失了，所以接下来自己的所有努力也注定是徒劳。

回到家，我沏了一壶茶坐在书房里，重新梳理与萧木相识的过程，以及这几天发生的点滴。此刻，我确定自己如此关心和挂念萧木，并非是对她有任何非分的念想。我依然沉浸在对若童的无限怀念中，我爱若童超过爱这个世界上的所有人，包括我自己。我之所以对萧木的离去耿耿于怀甚至焦虑不堪，完全源于我对她才华的欣赏，以及对她坎坷、曲折的人生经历的兴趣。她只给我讲述了在家乡小镇的生活和那段让人扼腕叹息的爱情，后来的事情只有离奇、荒诞和悲伤等几个模糊的关键词。在她简单的描述中，她曾隐约提到过自己迷失在欲望的海洋和对肖海波的愧疚之中无法自拔。那到底是怎样一段过去呢？

手机铃声打断了我的遐思。我看着屏幕上闪烁的电话号码，不知道是谁打来的。但是，我还是接了。

一个女人的声音传来："墨非老师，您好。"

我问："你好，请问你是谁？"

"我是谁不重要。"

她的声音和说话语气，让我想起了一个人。尽管她换了电话号码，但我依然猜出来了，她就是之前通过电话和短信让我找到萧木的那个女人。

"你打电话干什么？"

"我想告诉你一件事。"

"你说，什么事？"

"别再去找萧木了。"

"为什么？"

"我不想告诉您原因，反正您别再去找她就是了。"

"你之前让我去找萧木，现在又不让我去找她。这到底是怎么回事？"

"有些事情，我不方便在电话里说。"

"你他妈的到底是什么人？我为什么要听你的摆布？"

"墨非老师，我没有摆布您。"

"我不相信你说的这些鬼话。"

"墨非老师，我是好言相劝。即便你再去找萧木，也找不到她。"

手机里传来"嘀嘀嘀"的声音，我气咻咻地挂断了电话。莫名其妙！一个躲在背后的女人，凭什么操纵我的生活？不过，我隐隐觉得自己不得不相信她的话。上一次，我根据她的电话和短信，找到了"死亡"三年的萧木；这一次，我可能真像她说的那样，再也找不到萧木了。这个神秘的女人仿佛具有一种魔力，轻轻松松便能左右我和萧木的人生。

我不知道今生今世还有没有机会知晓萧木更多的人生。如果有机会，当然更好。如果没有，只能说我们之间的缘分太浅。这并非是坏事。这个世界，有些缘分就是这样浅，也正是这种浅才会使我们终身铭记和回味。这样想着，我的失落终于慢慢淡下来，如傍晚时分带着温凉的清风。

# 3

时间一天天过去，气温越来越高，萧木在我心中的影子越来越模糊，直至彻底忘记。有一天，我站在阳台上看着楼下一个穿着花裙子摇曳而过的女孩，萧木的样子突然跃入脑海。不过，这仅仅是一瞬间的想象。当我自嘲地笑了笑从阳台钻进书房时，又将她忘得一干二净。

我继续过着了无生趣的日子，通过阅读和写作来实现自我救赎早已成为苟且偷生的借口。一部部经典之作就在案头，但无心翻开；一部部想要创作的作品，依然只是脑子里的无数种幻想。就连平常喜欢看的足球比赛也提不起兴趣，当穆里尼奥带领切尔西以整个赛季都稳居第一名的骄人战绩夺冠时，我也没有喝一杯啤酒庆祝。

六月中旬某个寂寥的午后，萎靡不振的我打开电脑登陆微博，随意浏览天南地北的人胡乱发布的各种信息。各种明星的花边八卦，以及社会上千奇百怪的丑相依然是大家最热衷的谈资。溜达一圈后，我突然想起"莎士比呀"这个微博，内心有种莫名的期待。迫不及待地打开后，发现它果然在今天凌晨时分发布了最新消息。消息是这样写的：感谢各位书友的支持，墨非先生的作品已经全部回收完毕。

简单的一行字，却引来数千条评论。我一时好奇，点开评论一条条地查看，觉得十分有趣。评论中几乎清一色地在质疑和谩骂，毫不留情地骂回收我作品的人是骗子，他们手上明明还有很多，却宣布回收工作已经结束。这些人中也不乏我的忠实粉丝，认为出再高的价格也不卖。这些都很正常。唯独让我感到刺眼和难以接受的是，有几个人口风一致地骂我炒作。"江郎才尽不是错，江郎才尽了还出来搞噱头炒作就大错特错"、"勾引小姨子又不愿意负责的男人，这种人写的书早就丢了，现在炒作又有什么用？"、"回收？这样的炒作手段有意思吗？我看还是赶紧写新的作品才是当务之急"。

我对这些无聊之人的言论嗤之以鼻，心里骂他们的智商还不如一条狗。穿过客厅到厨房倒开水时，我这样想道：他妈的，这样说实在是太对不起狗了。

不管怎样，回收作品的事情终于结束了，虽然我还不清楚背后的操纵者的真实动机，以及接下来这件事到底会有怎样的发展。既然是高价回收，这些王八蛋总会利用这些书搞点名堂。不过，我并不担心。这些作品无一例外都是当初希亚找人为我代笔而作，即便是引发官司也与我无关。我没有签合同，我与希亚也早已离婚。如果到时候麻烦缠身，我可以向社会公开这些内幕。作为一个早已写不出作品又因为感情问题而臭名远扬的人，我更无须担心名誉受损，大不了让那些智商不如狗的家伙沾沾自喜，认为当初的判断无比正确，高价回收作品就是墨非本人一手策划的炒作。

这天，我破天荒地睡了一个午觉。直到黄昏时才醒来，三个小时里没有做一个梦，即便是短暂到几分钟的梦都没有。起床后，我洗了一把冷水脸，穿着拖鞋就往外走。我得到楼下找个小酒馆，独自喝上几杯。没有任何缘由，仅仅在这样一个寡独的黄昏，觉得人生有时候还是需要一点酒。

刚走到一半时，一阵高跟鞋声远远地传来。

我探着脑袋往下看，希亚脖子上那颗黑痣清晰地出现在我眼里。她把头发高高地盘在头顶，穿着白色的亚麻连衣裙，婀娜多姿的身材看起来赏心悦目。我并未立即停下来，而是迎头站在她面前。

"要出去呀？"

"下楼吃饭。"

"我陪你在家里吃吧。"她双手抬高，把手中的食物在我面前晃了晃。有各种已经做好的食物，不过最显眼的还是那瓶红酒。

"今天又不是星期六，你来做什么？"

"难道你认为我找你就仅仅是为了在星期六与你做一次爱吗？"

我没有回答她，转身往回走。

进门后，希亚直截了当地说："今天，你陪我吃一顿饭、做一次爱，以后就各奔东西吧。"

"先吃饭还是先做爱？"我是想调侃一下她，但口气中却没有半点儿调侃的味道。

"先做爱。"

我们不约而同地往卧室走。脱掉衣服后，又一起来到卫生间。没有语言的交流，一切都在沉默中完成。然后，我们又同时返回到卧室。洗澡的时候，我发现希亚的身材保持得依然那么好，就像我们刚刚认识的时候那样。但是，她那丰满的乳房和优美的曲线，却无法激起我的冲动和幻想。在卫生间哗啦啦的流水声中，她握了一把我的下体，我却没有碰她一下。

这可能是我和希亚之间最枯燥的一次性爱。整个过程，我都躺在床上任由她摆布。我呆板地躺着，无处安放的眼神四处游弋，却始终找不到一个停落的地方。我想，如果墙角有一张蜘蛛网该有多好，至少我可以观察一下蜘蛛看着一对男女赤身裸体交媾的反应。当我的眼神划过床头以前挂结婚照的地方时，想起曾经作为幸福、甜蜜的象征悬在此处的照片。那时候，我们都还年轻，脸上没有皱纹和斑点，心里洋溢的美好也无须遮掩。八年以后，我们都变了，脸上皱纹横生，斑点若隐若现，厚重的风霜掩盖不住内心的苍凉和人生的破碎。

不知道是我胡乱的遐想转移了注意力，还是因为其他什么原因，总之我在希亚的身体下坚持了很久。希亚也爆发出了好像永远消耗不完的精力，不知疲倦地摆动着身体。当我们折腾结束后，夜幕早已降临，世间一片苍茫。

我们来到餐厅，端坐在桌子的两边准备吃晚饭。希亚轻车熟路地从柜子里拿出两个酒杯，为我们斟满红酒。我觉得太过严肃，用异样的眼神看着她。她看穿了我的心思，轻声地解释说："我觉得我们认识的过程很浪漫，结婚后很长一段时间我想起来都还觉得不可思议，所以我们结束的时候也要浪漫一点。也许你认为，我们从办了离婚手续那天开始就算结束了。但是，我却一直在为复合努力。不过，我很清楚今天必须结束了。"

"对不起，我让你失望了。"

"你没有对不起我，这是我一厢情愿的事。"她向我举起酒杯，"来吧，我们好好喝一杯。其实，这么多年来，我们很少像现在这样坐下来喝一杯酒或者吃一顿饭。"

我与她碰杯。心里想了一句"谢谢"，但终究还是没有说出来。

"我做了很多努力来挽回我们这段感情和婚姻，但是，到最后我发现无论怎么做，我都是一个失败者。"她放下酒杯，吃了一口自己买来的菜，对味道非常满意，"不过，当我最终决定彻底离开你时，有些话还是想要说给你听。"

"有些事情过去就过去了，没有必要再提。"

"你是不是觉得我说这些是在演一出苦情戏？目的是获取你的同心情？"她独自喝了一口酒，"我只是帮你解开最近遇到的困难。"

"困难？"

"是的，就是困难。"她放下酒杯，似笑非笑地看着我，"我知道你最近遇到了很多困难。"

"我没什么困难。"

"有没有困难你自己心里清楚，如果非要不承认，我也无所谓。"她拿起酒瓶，分别给我们的杯子倒上红酒，"我就开门见山吧，你是不是在寻找一个叫萧木的女人？"

希亚的话让我浑身颤抖，脸红心跳。虽然我写过《寻找萧木》，但世人都知道萧木已于三年前自杀。当然，除去那个打电话的神秘女人，不可能再有任何人知道她不仅没死，而且还与我生活在同一座城市。不过，我想此刻再做任何狡辩绝对不是明智之举。城府很深的希亚既然这么说，说明她基本上掌握了确凿的证据。我一直以为与萧木的交往隐藏得很好，却没想到早已暴露在她的面前。

"你认识萧木？"我的口气中依然有一丝怀疑。

"当然认识，而且比你早认识好几年。"

"给我打电话的女人是你？"尽管我觉得声音不像，但还是想知道真相。

"我给你打过很多电话。"希亚差点儿笑出来，"你说的是哪一个电话？"

"前段时间，有个女人打电话让我去找萧木。"

"那真不是我。"

"那你知道萧木在哪里吗？"我急切的口气让希亚感到惊讶，她把刚刚递到嘴边的酒杯拿了回来，"我正在找她。"

"我也在找她。"

"有线索了吗？"我向前探了探身体，与她靠得更近，"我现在急需要找到萧木。"

"前段时间本来有点线索，可是刚刚靠近她就消失了。"

"前段时间？"我一个激灵，想起那个惊心动魄的夜晚，"你派人跟踪我？"

"那个男人是我安排的，只是不小心被你发现了。"

"你真卑鄙。"我明白了，希亚派人跟踪我，通过我与萧木的接触找到她的住处，我强压着怒火，"你为什么要找萧木？"

"不是我要找她，是别人。"

"别人？"我有点儿糊涂了，"真正要找她的人到底是谁？"

"张古龙。"

"张古龙，张古龙。"我反复念叨着这个原本永远不想记起的人，"他为什么要找她？"

"因为萧木手上有张古龙的把柄，所以这些年他用尽一切办法都要找到她。"

"作为一个大学教授和文化公司老板，他到底有什么见不得人的事被萧木知道了？"我纳闷儿，"他到底用了哪些办法？"

"所有办法都用尽了，就连微博上那个'寻找萧木'都是张古龙。"

"天哪，真是丧心病狂。"我实在难以置信，"萧木三年前不是已经通过微博直播的方式宣布自己死了吗？"

"张古龙本来就是个丧心病狂的人。不过，就在他快要放弃了时，你那篇《寻找萧木》让他坚信这个女人还活着。"

"我那篇文章把萧木害了。"我的声音很微弱，"难道萧木那两本书是张古龙放在我家门前的？"

"哪两本书？"

"我之前给你说过，读了两部非常好的小说。"我死死地盯着她说，"但是，我不知道这两本书到底是谁放在我家门口的。"

"别用这种眼神看着我，这两本书是不是张古龙放的我不清楚，但我向你保证不是我放的。"

"那你告诉我，你怎么知道我会与萧木接触？"我今晚第一次主动往自己杯子里倒酒，然后一饮而尽，"你又为了什么助纣为虐帮张古龙寻找萧木？"

"首先，还是因为你那篇《寻找萧木》。我认为你既然如此欣赏一个没有任何名气的作家，亲自为她撰文，而且状态非常好，让我看到了你巅峰时期的创作水平。那么，我相信只要有机会，你就会私下接触她。其次，我帮张古龙寻找萧木是他答应让我回到你身边的两个条件之一。"

"你回到我身边的两个条件？"我恍然大悟，明白刚才她说为了我们这段婚姻做出的努力，"另外一个条件呢？"

"回收所有以前为你代笔而出版的图书。"

"原来'莎士比呀'是你啊，真是煞费苦心。"我长长地出了一口气，"那你为什么不再回购我的书了？"

"我不但不再回收你的书，萧木也不再寻找了。"

"为什么？"我明白她这么做的原因，但又没有十足的把握，"你不是费尽心思吗？"

"后来，我突然明白一个道理，无论我多么努力地付出，我再也无法回到你的生命之中。"

"感情不是衣服，想修补就能修补。"我真的感到歉疚，"我们可以做朋友，真的。"

希亚沉默了。

我看着她，不知所措。

半晌，希亚浅浅地笑了笑，往杯子里倒了半杯酒，一口气喝了个精光。然后，她坏坏地笑着问："你这么急切地想要找到萧木，到底是为什么？难道你爱上她了？"

女人的世界真是难以捉摸，我为希亚的这个问题感到费解。难道在女人心目中，男女之间非得扯上爱情关系？我始终坚信，男女之间在世俗的眼光之外还有另一种关系，就像我与萧木一样。

"我不爱萧木。"我一脸严肃，"我的世界里，早已没有了爱情。"

"那你告诉我，为什么非要找到萧木？"

"虽然我十分欣赏萧木的文字，但也仅仅是欣赏她的才华。"我点了今天晚上的第一支烟，"我们只见面相处了几个小时，她给我讲述了她过去在小镇上的糟糕生活。因为时间关系，她离开小镇以后的生活约定在下一次见面再讲，但是我还没有等到这个机会，她就消失了。"

"这都是因为我派人跟踪你，知道了她的住址。她大概意识到是张古龙在找她麻烦，所以就不辞而别了。"希亚看着我，停顿片刻。然后，她补充说，"如果你愿意听，我可以把知道的事情毫无保留地说给你听。但是，这也仅仅是她人生的一个片段。不长，但我觉得足够精彩，也相信曾深深地影响了她。"

我思索良久。掐灭烟头后，我对希亚说："说吧。"

希亚把瓶子里最后的酒全部倒在杯子里，一边摇晃着杯子一边微微地点头。

我沏好茶，坐在希亚面前，一根接一根地抽烟，认真倾听一个女人讲述另外一个女人。不胜酒力的希亚有点微醺，但思路还比较清晰。接下来的几个小时里，她通过断断续续的讲述，为我拼接了萧木人生中不可忽略的一部分。

"我与萧木见面的次数不多，而且都是就事论事，谈的都是如何出版她的作品。"希亚眼神蒙眬，"但是，我从其他地方听说了很多关于她的事情。其中就有张古龙本人，也有与张古龙关系暧昧的其他女人。这些事情可能是真的，也可能是空穴来风，或者是个别人片面的诋毁之词。"

我点了点头，明白希亚口中的萧木并不一定完全真实。所以，我也只能通过希亚的讲述、我对萧木粗浅的了解，以及一个作家的想象，来为你们还原这个女人极为重要的一段人生。这是她掉进欲望黑洞和走向毁灭的开始。

# 第五章　文字的气质

## 1

从故乡小镇到广州的路，长到仿佛要走一辈子。拥挤、嘈杂的绿皮火车，把快乐和忧伤都装在一起。萧木忐忑地坐着，两天两夜没有合眼，下车后感觉整个身体都僵硬得无法动弹。村子里同路的女孩一脸倦意，隔几个小时就会睡一觉。只要那个叫张群的女孩醒来，萧木就会不失时机地问东问西，广州的天气如何？厂子的工作到底怎样？男孩子多还是女孩子多？每天上班几个小时？第一天，张群还有耐心解释。从第二天上午开始，她就对萧木的问题爱理不理。她这样说道："到了广州，你什么都会知道啦。"

萧木知道张群累了，便不再问。她想张群说的有道理，到了广州后一切就会明白。于是，她歪倒在椅子上眯着眼睛假装睡着了，实际上脑子里却在胡思乱想。肖海波时不时地在心底出现，这让萧木的心情格外沉重。火车摇摇晃晃，人们唧唧呱呱，空气沉闷得让人窒息。萧木感到身体特别难受，脑袋昏昏沉沉，肚子隐隐作痛。

"广州到了。"某个人一声大吼，顿时车厢里说话声、脚步声和搬行李的声音混合在一起，嘈杂得像个菜市场。

走出车站后，萧木紧跟在张群身后，钻进一辆公共汽车。汽车慢腾腾地驶过拥挤的街道，然后朝城外开去。萧木的眼神东晃西晃，当公共汽车穿行在郊区时，她才记起没有好好地看一眼广州这个大城市到底是什么样子。萧木没想到的是，再次看到广州市区的真容已是几年以后了。

萧木跟着张群进了皮鞋厂，但对方没过多久就离开了。张群觉得皮鞋厂工资太低，跳槽去了一家电子厂，专门负责生产灯管。分开的前几个月，萧木和张群每周联系一次。大概半年时间后，她们就失去了联系。张群的手机号码变了，却没有告诉萧木。后来，她去电子厂找张群，那个瘦骨嶙峋的保安告诉萧木，张群一个星期前辞职了。

"她到哪里上班了？"

保安没有回答萧木，只是轻轻地摇了摇头。

萧木悻悻然地往回走，边走边摇头，就像受到了那个保安的影响。

失去了张群，萧木就失去了与外界的纽带，每天穿梭于工厂和宿舍。两点一线，日复一日。直到她离开广州，都没有换过工作。

在皮鞋厂工作的那几年，萧木过着封闭的日子，几乎不与其他人交流。每天在嘈杂的工厂里做一颗按部就班的螺丝钉，下班后就躲在促狭而凌乱的寝室里。在其他女孩忙着唱歌跳舞、恋爱结婚的时候，萧木安静地躺在寝室里思念肖海波。她隐约觉得这辈子再也没有机会见到那个无辜受到伤害的男孩，但是强烈的思念能减轻内心的痛苦。不过，当萧木把所有的思念都化为一封封无人接收的情书时，那些深入骨髓的孤独依然无法排遣。

在喧嚣的沿海小镇，在聒噪的工厂里，萧木始终是个孤独的人，那个日思夜想的恋人和那段幻想中的爱情，根本无法拯救她不断坠落的心。她陷入无穷无尽的孤独。于是，萧木开始大量阅读文学作品。不过，她总是看着别人的故事却流下自己的眼泪。无论什么作品，她都能从中看到悲伤。在一个狂风暴雨的夜晚，萧木没有像往常那样给肖海波写情书，而是突发奇想地写起小说。

从这天开始，萧木走向真正的文学创作之路。


## 2


萧木的第一部小说叫《世界尽头的奇妙之旅》，故事的主人公是一个女孩，名叫杜小青。杜小青出生于一个南方小镇，十八岁生日的那年春天，她心中产生了一个强烈的逃离念头，她要离开这个她十分厌倦的小镇，插上一双翅膀去广阔的世界里飞翔。

两年前，杜小青父亲的一场婚外情导致了这个家庭的破碎。

那天杜小青放学回家后，像往常一样满心欢喜地打开家门，并甜蜜地喊着妈妈。可是，她并没有听到妈妈的回答。从卧室里传进耳朵里的，是一阵阵让她面红耳赤的呻吟。十六岁的杜小青虽然没有经历过男欢女爱，但也明白卧室里此刻正在发生什么事情。她羞涩地笑了笑，准备到外面做作业。但是，就在杜小青刚刚转身时，却猛然察觉到，与父亲在一起的并非是自己的母亲。

这个发现让杜小青十分震惊，她没有想到老实巴交的父亲竟然会做出这种丢脸的事。她转身一口气跑到院子角落，偷偷地抹眼泪。没想到却看到母亲脚步急促地进门来。原来，杜小青的母亲去一个远房亲戚家有事，出门时告诉丈夫晚上不回来，后来又临时改变主意回来了。

就在杜小青的错愕中，她妈妈已经走上台阶，推开大门向卧室走去。

片刻后，杜小青料想中的事情终于发生了，激烈的争吵和打斗声仿佛要把屋顶掀开。她听见了妈妈的哭声和咒骂声，也听见了父亲的咆哮声，似乎还听见了家庭破碎的声音。一切都沿着一条无法挽回的道路滑向泥潭。两个女人大打出手，之后便是杜小青父母声嘶力竭的争吵与厮打。尖锐的声音像是一把手术刀，划破了沉重的夜色。

真相揭开之后，只剩满目的苍凉与不堪。

杜小青的母亲不同意离婚，总是在家里又哭又闹，常常将锅碗瓢盆砸得稀巴烂。为了平息事态，杜小青主动给妈妈做思想工作，却遭到一个响亮的耳光。后来的一个周六，父亲做了一桌菜，以示认错。杜小青妈妈拒绝和这个让她伤心的男人同桌吃饭。杜小青忍气吞声把妈妈拉到桌边。

可是，她却亲手把母亲拉进了坟墓。

吃完那顿饭的第二天，杜小青的母亲就死了，她硬挺挺地躺在床上，七窍流血。杜小青的父亲独自拎着一个包去了派出所，直言不讳是自己在老婆的饭里放了老鼠药，因为他受不了她的打闹和纠缠。知道真相后，杜小青一阵眩晕，差点儿倒在地上。

　　母亲死了，父亲因为故意杀人罪在那个冬天被判死刑。从此，杜小青成了一个孤儿。在姑姑家寄住两年后，她终于在一个春暖花开的季节不辞而别。

　　小说前半部分以沉重的笔调刻画了因为一场婚外情而导致的家庭破碎，后半部分笔调则相对轻盈，重在描述杜小青离家之后的奇幻旅程。

　　《世界尽头的奇妙之旅》不是一部写实作品，萧木在这部小说中表现出对温暖、浪漫的强烈渴求，杜小青在她的笔下有着幸运的人生。终于有一天，那个执拗的女孩来到了自认为是世界尽头的地方。她独自站在一座山上，眺望远方苍翠的树木，看着飘绕的雾霭。杜小青感受到了苦苦寻觅的纯净和宁静，她渴望在此终老，过完平淡的一生。如果说萧木对笔下的杜小青还有亏欠的话，就是缺少一段圆满的爱情。这些年里，她曾遇到过几个心动的男生，其中也有对自己表达过爱慕之情的人。但是，在兜兜转转之中，他们终究有缘无分，与爱情擦肩而过。如果萧木笔下留情，杜小青的人生也许会得到另一种改变。或许，这与萧木当时的心境有关。

　　创作《世界尽头的奇妙之旅》时，工厂里有个名叫杨斌的男孩正在对萧木穷追不舍。其实，她对这个来自湖南的小伙子印象不错。他的脸上总是洋溢着阳光，而且勤奋上进。萧木隐约记得，杨斌说要努力挣钱在城里扎下根来，要给她一个温暖幸福的家。听着他的甜言蜜语，萧木难免不会心动。漂泊太久，她真的希望有个家安定下来。但是，萧木放不下肖海波。每当她看着杨斌拘谨地在自己面前表白时，总会把对方看成是失而复归的肖海波。在萧木的幻想中，肖海波深情款款地站在面前，脸上带着浅浅的笑意。但是，她又瞬间意识到，站在眼前的是来自湖南的杨斌而不是肖海波。每每这时，萧木总是狠心地拒绝杨斌，而且不给他做任何解释。

萧木严密地封锁内心，杨斌坚持不懈地想要走进她的心里。

《世界尽头的奇妙之旅》定稿后，萧木开始寻求发表和出版，笔名萧木也就是在这个时候诞生、并从此伴随她一生的。但是，这部作品命运多舛。接下来的两年时间里，萧木几乎找遍了全国所有出版社和出版公司，依然没有为自己的第一部小说找到归宿。她投出去的稿子大部分石沉大海，大概只收到了六七封退稿信。这些退稿信就像来自同一个人，口径几乎一模一样。他们对萧木的创作才华给予高度肯定，但无一例外地表示不能出版这部作品。原因很简单，无非是萧木没有名气，无法保证市场销量，或者敷衍了事地说题材不符合自己的出版方向和发行渠道。

起初，萧木并没有气馁，认为只是运气不好，继续坚持投稿。但是，随着时间的推移，遥遥无期的等待让她的意志逐渐消沉。在雾霾沉沉的冬季，萧木突然明白《世界尽头的奇妙之旅》短时间里无法出版或者发表，甚至永远也没有出头之日。她变得比以往任何时候都失落，下班之后便把自己关在寝室里，睡觉或者发呆。

一个周末，寝室里其他女孩都与男朋友玩去了。她们喜欢唱歌、跳舞，或者到市区逛商场。周末是寝室里最安静的时候，工友们都与男朋友在外面的宾馆里住，只有萧木孤身一人消磨难捱的时光。这天，寝室里一如既往地清净，从不喝酒的萧木在小卖部买了几瓶啤酒，独自在寝室里借酒浇愁。喝到一半时，她听到有人敲门，以为是哪位工友忘了带钥匙，便晃晃悠悠地过去开门。门打开的那一刹那，她发现杨斌规规矩矩地站在门口。她咕哝一句："你来干什么？"

杨斌没有回答，侧着身子绕过萧木直接走进寝室。看着桌子上的啤酒，然后才说："我来陪你喝酒。"

萧木知道杨斌的来意，但晕乎乎的她没有找到拒绝的借口。她迷迷糊糊地与杨斌面对面坐着，一口一口地喝起来。这顿酒从中午一直喝到傍晚还没有结束，杨斌从不放弃任何一个表达爱意的机会。她给眼前这个孤独的女人描绘着未来美好生活的情景，幸福和快乐细致到生活中的点点滴滴。萧木一会儿笑一会儿哭，弄得杨斌摸不着头脑，不明白他所爱慕的女人为何有如此反应。但是，这不妨碍他继续对萧木攻心。杨斌认为，没有哪个女人是真正的铁石心肠，只要真情所至就会铁树开花。

杨斌继续给萧木倒酒。她不但没有拒绝，反而爽快地喝了起来。内心的忧伤，总得需要一个人来抚慰。更重要的是，杨斌描绘的美好生活正是萧木所期待的。只不过，她心目中与自己过这种生活的人是肖海波，而不是蓦然出现的杨斌。

夜色越来越暗，酒越喝越多。萧木醉眼蒙胧地看着眼前的男孩，惊喜地发现陪自己喝酒的人正是日思夜想的肖海波。她有点惊喜、兴奋，心跳不止。她说："你知道吗？我一直在等你。"

"我知道。"杨斌点点头。

"你怎么现在才来找我？"

"我一直在你身边，默默地守护着你。"杨斌深情地说。

"你撒谎，你骗人。"

"我从来没有欺骗过你，真的一直在你身边守护着你。"杨斌的声音很低、很轻。

萧木哭了，泪水止不住地流淌。她没有抹去眼泪，而是端起酒杯一饮而尽后，趴在桌子上呜咽起来。杨斌不知所措，不断地摇晃着酒杯却没有喝。慢慢地，萧木的抽泣停了下来。杨斌知道，他爱慕的女人在酒精的作用下，昏昏沉沉地在桌子上睡着了。

其实，萧木没有睡着，只是意识模糊身体乏力。她感觉到肖海波扶着自己往床边走，躺下后又感觉到肖海波在为自己脱衣服。"亲爱的，我要睡会儿。"她说，"我只睡一会儿就好了。"

"你睡吧，我陪着你。"

"你陪着我吧。"萧木感觉到肖海波在解自己的内衣，她没有挣脱，只是含糊地说，"我想睡一会儿。"

"我知道。你睡吧。"

萧木觉得自己的衣服被肖海波脱光了，她下意识地把被子往身上拉。但是，一股力量阻止了她。紧接着，又一股强大的力量沉重地压在她身上。迷迷糊糊的萧木感觉到肖海波紧紧地抱着自己，他那张火热的嘴唇在她身上游动。从嘴唇到耳根，然后缓缓向下移动，沿着优美的曲线一路向下，从双腿来到脚趾。然后，又沿着开始的路线返回来。萧木觉得身体里有一股暖流。这股暖流与酒精混合在一起发生了奇妙的反应，促使她主动抱紧肖海波，迎接他汹涌的爱意。

此时已是晚上八点，放假后的工厂里沉寂如一座空村。只有这间女职工宿舍里充斥着欲望的烈火，两个年轻人疯狂地燃烧着自己。萧木始终闭着眼睛，但这并不影响她用嘴唇和双手传递对肖海波的炽热情感。

随着欲火的燃烧，萧木感觉到肖海波进入到自己的体内。她扭动着身体，感到前所未有的兴奋和幸福。萧木感觉自己长了一双翅膀，在纯净的天空自由地飞翔。呼呼的风声钻进耳朵里，像一次次温柔的抚摩和轻声的呼唤。她沉浸在这种飞翔之中，越飞越高，越飞越快，直到飘落在一片辽阔的草地上。

萧木的喘息慢慢停下来，虽然身体酸软疲乏，但酒精却在飞翔之中挥发殆尽。她娇滴滴地喊道："海波。"

"我是杨斌。"

"海波你在说什么？"

"海波是谁？"

这句话犹如一道闪电，袭击了还未从兴奋中完全清醒的萧木。她一个激灵睁开眼睛，躺在身上的男人让她瞬间崩溃。她声声呼喊的肖海波不见了，取而代之的是满脸贪婪和无耻的杨斌。萧木怒火中烧，狮子一般吼道："怎么是你？"

"本来就是我啊！"

"滚开，你给我滚开。"

"你听我说，我真的很爱你。"

"王八蛋，你快点儿给我滚开。"

萧木使劲地推杨斌，但这个心满意足的男子沉得像块石头，怎么推都推不开。她红着眼睛瞪着杨斌说："你到底滚不滚开？"

"你听我说，好不好？"

"我不想听你这个禽兽说话，我只想让你马上滚开。"

杨斌还是没动。

这个小伙子一心想要稳住萧木的情绪，希望等她慢慢平静下来，并说服她相信自己占有她只是为了永远得到她。但是，萧木并不这么想。她的声带已经撕裂，沙哑地尖叫了一声，但想说的话却没有说出来。

垂死挣扎的萧木发现桌子上有几个啤酒瓶子，她想都没想随手拿起瓶子就朝杨斌的脑袋砸过去。杨斌"啊"了一声，双手捂着脑袋滚到床边去了。萧木立即起身，慌乱地穿好衣服理好头发，逃命一样下床，站在旁边看着在床上抱头哀号的杨斌。她看着鲜红的血液从他的指缝间流出，一滴一滴地落在蓝白相间的格子床单上。

半晌，杨斌才缓过气来，他来到萧木面前，一副委屈的样子。他问："你知不知道自己到底在做什么？用得着把我打得头破血流吗？"

"你他妈的知不知道自己在干什么？"

"我喜欢你。"

"喜欢？喜欢你就强奸我？我要告你。"

"告我？告我强奸？"

"没错，我马上报案，告你强奸我。"

杨斌脸色立即惨白，不断地眨巴着眼睛。半晌，他大吼起来："我这么喜欢你，你却告我强奸你？"

"这不是喜欢不喜欢的事，你这个王八蛋自己说，刚才是不是强奸了我？"

"你自己也没有反抗呀？我以为你愿意呢。"

萧木气得咬牙切齿。她夺门而出，边跑边打电话报了警。

最终，杨斌以强奸罪被捕。

这件事情在整个工厂炸开了锅。有人指责杨斌禽兽不如，有人同情杨斌为爱付出惨重代价。长期以来，寝室里的女孩们都觉得萧木乖张、做作。在她们的眼中，萧木明明对杨斌有感觉，两人平常关系也是若即若离，杨斌的强奸罪是莫须有，发生性关系肯定是你情我愿、半推半就。其中一个下巴尖细的女孩说："我看明明就是她寂寞难耐，张开双腿勾引人家。"

"你看她每天独来独往，多寂寞啊。寂寞的女人遇到饥渴的男人，肯定就是干柴烈火。爽了之后还要告别人，真不要脸。"说这话的女孩胖得足足有一百五十斤，平常最不喜欢萧木，总是带着她那骨瘦如柴的男朋友在萧木面前显摆。

"你说她为什么每天都把自己关在寝室里？"尖下巴问，"一副神秘兮兮的样子。"

"好像在写小说。"胖女孩嘎嘎地笑着说，"难道她想当作家？"

"明明是一只野鸡，却做着天鹅的梦。"

"别这么说，万一哪天别人一炮而红呢？"

"我觉得还不如陪厂长打一炮并把照片和视频发在网上，那才真的是一炮而红。"

一阵令人全身起鸡皮疙瘩的笑声。

"我觉得她还是有可能成为一个作家的。"胖女孩说，"不是有打工仔、打工妹成为作家的吗？"

"但是，我觉得她那个样子不是一个作家的料儿。"尖下巴说，"我与你打赌，她写的书这一辈子都出版不了。"

"赌什么？"

里面的女孩们肆无忌惮地谈论着，不时传来不怀好意的笑声。

萧木站在门外，清晰地听见工友们的讥讽和嘲笑。原本想进屋休息的她，只得默默离开。

流言蜚语让萧木抬不起头，尽管她内心汩汩流血，却百口莫辩。遇到这样的事情又怎么好辩解呢？自从杨斌被逮捕后，无论上班还是下班，萧木都是低垂着脑袋，不敢正眼看人。


# 3


萧木陷入悲伤无法自拔，唯一的疗伤手段就是埋头创作，沉浸在自己虚构的世界里。虽然《世界尽头的奇妙之旅》看不到出版的希望，但她还是毅然投入到第二部作品《在地狱里唱歌跳舞》的创作中。这是一段忘情的创作期，萧木几乎没有与工厂里的任何人说过一句话。下班之后，她就把自己关在寝室里一个劲儿地埋头写。

《在地狱里唱歌跳舞》的主人公名叫唐菁，一个终其一生都在挣脱束缚和向往自由的女孩。虽然她的人生非常短暂，却像罂粟花那般绚烂而充满诱惑。

　　唐菁出生在一个富裕的家庭，父母总是尽可能满足她所有的物质需求。如果说唐菁还有什么不满足的，那就是父母陪她的时间太少。父母都忙着应酬，早出晚归，甚至几天都见不到人影。印象中，她有很多次在深夜里看见父母都喝得醉醺醺地回来，前言不搭后语与自己说几句就睡了。第二天她离开家上学时，他们都还躺在床上没起来。

　　安逸又孤独的环境往往会滋生出堕落，能在这样的环境中保持进取的人，就会变得弥足珍贵。唐菁虽然有着优越的家庭条件，但她本人却勤奋低调，是父母心中的乖乖女，老师眼里的好学生。初三毕业时，唐菁以全县第一名的成绩考上重点高中。唐菁的父母因为对唐菁未来的规划不同而经常吵架。父亲希望唐菁将来当公务员，理由是工作体面、轻松和稳定，女孩子不用那么操劳。母亲希望唐菁将来开公司做生意，她的理由是挣钱快，人这一辈子财富很重要。这样的争论一次次在家庭上演，最终演变成一场持久的战争。

　　相较于父母对自己的人生规划，唐菁却对随遇而安的生活心向往之，她最大的愿望就是找一个相爱的人携手此生。高二那年，她遇到了彻底改变她命运的人。

　　那一年，唐菁所在的小县城开了一家颇具特色的酒吧，名叫"遇上"。按说酒吧这样的场所和唐菁这样的乖乖女应该是不沾边的。但唐菁毕竟还是个孩子，对灯红酒绿的未知世界充满好奇。周围同学的百般夸赞，说这家酒吧的老板在全国各地请歌手来驻唱，让唐菁对这家酒吧充满好奇。在一次父母出差的间隙中，唐菁偷偷溜到了"遇上"酒吧。

当时在酒吧驻唱的是一支名为"飞鹰"的乐队，其主唱是一个三十多岁的男子，艺名就叫飞鹰。飞鹰有着传奇而浪漫的经历，当年以状元的身份进入北京一所著名大学后，他放弃了大好前途，背着吉他浪迹天涯，边走边唱，边唱边写，创作了很多经典的摇滚音乐。

唐菁知道飞鹰的经历后，敬佩油然而生。听到他的音乐后，更是崇拜得五体投地。情窦初开的她不仅迷上了飞鹰的音乐，还爱上了那个不羁的男子。她和飞鹰很快便陷入爱河，拥抱、激吻，并偷食了禁果。

爱情的火焰一旦燃烧就无法制止。但是，一场巨大的麻烦正向唐菁袭来。或者说，这是一场灾难。

唐菁和飞鹰的关系，最终被她父母发现。

第一场灾难是飞鹰被捕，罪名是涉嫌强奸未成年少女。但是，没人知道飞鹰强奸了谁，以及他最终会判多少年。那个追求自由奔放的男人，最终身陷囹圄。

第二场灾难是唐菁死了，她在浴缸中割腕自杀。但是，除了父母之外，没人知道唐菁为什么死亡，更没人知道她肚子里还有一个孩子。在一场悲痛欲绝的告别后，她彻底从人们的视野里离开了。那个夏花般灿烂的少女，最终凄然凋落。

萧木的第二部作品沿袭了第一部的风格，前面沉重后面轻盈，如出一辙的是主人公在最后都进入一种似幻似真的状态。也许，她认为唐菁与飞鹰的爱情对于父母来说无法原谅，所以这个女孩必须死亡。但是，她又觉得从追求自由和自我的角度出发，唐菁的行为符合人性，所以即便最后会下地狱也要反抗到底。《在地狱里唱歌跳舞》的最后，唐菁来到那个黑暗的世界，但她并不感到恐惧。其他人都哭丧着脸，只有唐菁一个人喜欢唱歌跳舞，犹如一个来到地狱的天使。

第二部作品，耗费了萧木整整五个月的时间。完稿那一瞬间，她看着洋洋洒洒十几万字，心中那块沉重的石头终于落地。

《在地狱里唱歌跳舞》叙述流畅，文字简洁有力，整部作品一气呵成。除了错别字以外，萧木没有做任何改动。后来，我发现《世界尽头的奇妙之旅》和《在地狱里唱歌跳舞》有着内在逻辑。从某种程度讲，杜小青和唐菁其实是同一个人，她们都是萧木的化身。

一身轻松的萧木不再把自己关在寝室里，没事的时候偶尔会在厂子里转悠。遇见熟识的工友也会主动打招呼，尽管别人总是对她报以漠然的态度。如果没有几天后的情景，她或许不会急着离开这家工厂和这个城市。

"看样子，她最新的书已经写完。"

"书？你在书店里看见她的书了？"

"或许，要不了多久就可以看到了。你看她满脸笑容，说明她对出版有信心。"

"只要一天没出版，放在电脑里的都是一对垃圾。"

"也不能这么说。"

"我们之前打的赌还算不算？"

"算吧。"

像上次一样，萧木刚好在门外听到了寝室里胖女孩和尖下巴的对话。后来，她们还说了什么她没有关心。萧木转身离开，在厂子里踽踽而行。这一次，她想彻底离开皮鞋厂、离开广州。这个城市让她很失望，即便生活在这么小一的个圈子，人情淡薄、世态炎凉都表现得如此赤裸，阴暗一览无余。

接下来的两个月里，萧木的心情比来到这个城市的任何时候都轻松。下班后，她不再独自窝在寝室里，而是出现在灯火辉煌的大街上。萧木去了工友们经常去的广场、商场，看曾经错过的风景，感受这个城市的心跳和呼吸。甚至，没有男朋友的她独自去宾馆开了一次房。那天晚上，她睡在宾馆宽大的床上，一遍一遍地摁动电视遥控器，就像是要把这些年错过的电视节目全部补回来。她觉得自己很无聊，但又隐约感到有点兴奋。

萧木第一次在宾馆里睡觉，结果却是通宵未眠。


4


秋天刚刚来临，萧木就从广州来到蜀城。初来乍到的她找过无数个工作。从一个陌生的城市辗转到另一个陌生的城市，萧木有点仓皇无措、心不在焉。最终，她在一个小书店当营业员。萧木非常喜欢这家书店和这份工作，可以让她时刻与来自世界各地的经典作品相遇。

没过多久，萧木就习惯了蜀城的生活。温润的气候，缓慢的节奏。无论心中有多烦乱，当夜色慢慢降下后她心情都能平静下来。在蜀城的日子里，萧木从来没有放弃过创作，以及为《世界尽头的奇妙之旅》和《在地狱里唱歌跳舞》的出版寻找出路。每一个孤独的夜晚，她都还能听到远在广州的胖女孩和尖下巴的对话在耳边回响。萧木发誓，一定要让自己的作品出版，一定要成为一名真正的作家。

　　这两部作品的出版之路一开始就充满艰辛，萧木像只无头苍蝇四处乱撞。她把两部作品放在网站上供人阅读，期望吸引出版公司的关注。《世界尽头的奇妙之旅》和《在地狱里唱歌跳舞》的确深受读者喜欢，点击率非常高，大家的评论也给了萧木极大的勇气。但遗憾的是，没有任何出版公司与萧木联系。

　　随着时间一天天流逝，萧木变得浮躁起来。她不想守株待兔，觉得这样的等待遥遥无期。萧木开始在网络海量的信息里，筛选出版公司发布的征稿信息。首先，她滤掉了自费出版。她没有钱，同时也不想自费出版，因为她觉得那样就践踏了自己的文字。其次，她放弃了那些大品牌文化公司，因为他们动不动就要求作者有名气，第一句话就问之前出版过哪些作品，以及每本书的销量。萧木瞄准那些刚刚成立或者名气不大的公司，虽然有人说这样的公司不可靠，喜欢拖稿费甚至耍赖不给钱，但是她觉得最重要的是给自己一次机会。

　　有那么一个月左右，萧木每天下班就根据征稿信息一家一家地投稿。在发送邮件时，她选择了阅读提示这个功能，希望在别人阅读邮件时邮箱能自动提示，以便掌握编辑是否收到自己的稿子。

萧木一口气向几十家公司投了稿。不过，她依然没有获得出版的机会。

发送的几十封邮件，大部分石沉大海。显示编辑收到邮件的有十八封，编辑回信的只有三封。第一封邮件，编辑回复：您的稿件不符合本公司的出版方向；第二封邮件，编辑回复：您的稿件我们不予采用，请您另投别家；第三封邮件，编辑略微有点温度，但是回复内容却让萧木一头雾水：您的故事构建比较精彩，但是很遗憾，我对这个故事并无任何感觉。

前面两封邮件，萧木明白自己吃了闭门羹。但是，第三封邮件的内容让她真的找不到感觉。她知道编辑在作品上给予了一定肯定，却不明白对方到底是什么意思，是否有意出版。每隔几天，萧木就要重新读一遍这封邮件，希望能够读出编辑的弦外之音。可是，她越看越糊涂。

作品出版遇阻给萧木带来了沉重的打击，尤其是当她看到那些她认为非常差的作品都在市场上风风火火时，心里非常不平衡。当时，出版市场每天都会冒出一些噱头。不但有美女作家，而且还有美男作家的称呼，好像当作家不仅要看作品写得好不好，同时还要看长相。虽然萧木不理解这种现象，但她觉得作家把自己当成明星一样包装很不好。

有天夜里，萧木呆呆地坐在出租屋的阳台上。十九楼的高空，看什么景物都有点恍恍惚惚。她伸长脖子望着街上的行人和汽车，发现世界上所有东西都很渺小。无论那些汽车多么高档，也不过是一个个移动的小盒子；无论那些人多么风采飞扬，也不过如一只只蚂蚁在大街上匍匐。

萧木一声叹息,转身回到屋里。

第二天是周末,萧木在楼下巷子深处的一家小照相馆里拍了一张艺术照。她画着口红、涂着粉脂,穿着低领T恤,胸部若隐若现。照片拍好后,萧木仔细端详,总觉得不够完美。最终,她要求照相馆老板用图片修复技术遮盖了眼角下面的一颗痣和下巴上的一个小斑点。当她看着电脑上的照片时,已经认不出自己了。但是,她觉得这正是自己想要的效果。照片上的萧木,与某部电视剧里一个叫不出名字的女配角十分神似。

萧木不但拍了艺术照,而且还重新写了简历。在介绍自己时,她不再那么谦虚,而是张扬着个性。当人们读到这份简历时,首先展现在面前的是一个性感的女人,其次是个个性张扬的作家。

摄人心魄的艺术照和个性张扬的简历准备妥当后,萧木开始了新一轮投稿。她从三个出版公司中选择了古龙文化传播有限公司作为重点关注对象,最主要的原因是这家公司就在蜀城。

古龙文化传播有限公司不大,但出版的作品却很有影响力。当时,萧木已经知道有位名叫"墨非"的大作家。古龙文化传播有限公司为了宣传,特地把我的成名经历大书特书。我如何从一个文学爱好者摇身一变成全国知名作家,并被誉为这个时代的重大发现,这深深地吸引了萧木。她对自己的作品有信心,认为自己有可能成为第二个墨非。

萧木的精心准备果然收到了效果,投稿一个星期后,她便收到邮件。编辑在邮件中说,她的小说具有非常高的艺术水准,公司准备出版，并约定见面的时间。看到邮件后，萧木的眼泪夺眶而出。突如其来的好消息让她有点得意扬扬，心里想起了很多励志故事，并把自己置换成故事里的角色。一遍遍阅读着编辑的来信，萧木比任何时候都相信，只要努力就会有收获。于是，她立即回信答应赴约。

见面的前一天晚上，萧木躺在床上半天都睡不着，她想象着第二天见面的情形，想象着编辑会对小说提出哪些修改意见。不过，萧木下定决心，无论如何都不会放弃来之不易的机会。

"萧木真是太天真了，要见她的人根本就不是编辑。"希亚看着我，一声冷笑，"她的书能不能出版，关键也不在于那个编辑。"

"那到底是谁？"我有些惊讶，"编辑不是回信说萧木的小说艺术水准高吗？"

"小说是不错，但好小说不一定能出版。"

"想见萧木的人到底是谁？"

"你傻呀，当然是张古龙。"

"张古龙会亲自与一个没有名气的作者见面？"

"那要看作者是谁。"

"难道说张古龙很重视萧木的小说？"

"他重视的是人，而不是小说。其实，张古龙决定约见萧木时，压根儿就没有看萧木的小说。"希亚说，"当他看见萧木的照片两眼放光时，我便知道他会见这个女人。"

"你既然看穿了他的心思，为什么不想办法阻止他？"我觉得自己这个问题很傻，"你知道这是他骗人惯用的伎俩。"

"我干吗要这样做？"

"如果他们没有见面，萧木就不会有后来的麻烦和痛苦。"

"我就想看到张古龙的丧心病狂。上帝要其灭亡，必先使其疯狂。"

"这对萧木不公平。"

"如果你早点儿认识萧木，或许我会想办法不让张古龙与萧木见面。"希亚的嘴角浮现出神秘的笑容，"不过，我也不是想帮萧木，只是帮你。"

"萧木就这么跳进了泥潭。"我叹了口气说道。

"我相信张古龙也不会有好结果，多行不义必自毙。"

我笑了笑，听着希亚继续讲述萧木与张古龙的交往。

萧木与张古龙第一次见面相谈甚欢，老总亲自出面让她受宠若惊，同时这给了她足够的信心。当天，他们从上午聊到下午，从下午聊到晚上，直到夜幕降临时依然在一起。一开始，他们聊的是文化圈的事，从图书出版到文坛轶事。不知不觉地，他们就聊到各自的生活。狡猾的张古龙总是避谈自己，而想方设法让萧木讲她的生活。萧木把所有经历毫无保留地讲给了初次见面的出版公司老总，张古龙一脸深沉，时不时送上赞许的目光。

天色已晚，张古龙主动请萧木吃了饭，并开车把她送回住处。下车之前，他突然拉着她的手，轻轻地捏住，目不转睛地看着她。半晌，他一把把她拉过来，贴着她的耳朵说："我一定让你实现梦想，成为一名受欢迎的作家。因为，你是我喜欢的女人。"

面对张古龙的挑逗，萧木有点慌乱，但并不抗拒。张古龙表现出了一个成功人士特有的自信，这种自信在不知不觉中让萧木产生了一种崇拜。尤其当张古龙说她是他喜欢的女人时，萧木的心怦怦直跳，漫上脸的酡红更是蜿蜒到了耳根。她不知如何应对，便对张古龙点了点头，随即礼貌而矜持地笑了笑。

张古龙看着萧木的笑容，开始飘飘然。他觉得眼前这个女人，又是一条即将上钩的大鱼。

回家后，萧木面红耳赤心跳不止。她下床倒了杯水，来到阳台上看着朦胧的街灯，又想起前几天站在这里看着大街上车来人往的情景。在茫茫人海中，她感到前所未有的渺小、孤独和无助。尤其在一个个清寂的夜晚，站在十九楼的高空，她觉得整个人都是漂浮的。萧木想找个地方停下来，想在风中停歇片刻，哪怕只是短暂的一瞬间。

第二天上班时，萧木在书店里一本一本地翻阅那些畅销书，她再一次觉得自己的作品应该得到认可，她觉得自己写得并不比那些书差，更认为自己不应该像现在这样生活得如此消沉和窝囊，她想用实际行动证明皮鞋厂胖女孩和尖下巴的无知。

没过两天，萧木又接到了张古龙的电话。她精心打扮一番便前去赴约。作为一个女人，她希望在一个愿意提携自己的人面前表现出优雅而精致的一面。坐在咖啡馆里，张古龙一本正经地描述着萧木未来的宏图。张古龙承诺，一定要把萧木的书出版好。用最好的设计，选最好的纸张，做最好的营销。萧木听着这个男人充满磁性的声音，脑子里浮现出以往在报纸和电视里看见的作家现场签名售书的场景。张古龙问萧木是否知道墨非，萧木点点头。张古龙说你就是第二个墨非，萧木还是点点头。张古龙说，你比墨非更有才华，所以你会比墨非更红。

久经波折，萧木觉得自己终于找到了伯乐。经历无数次退稿之后，任何一根救命稻草都会让萧木感恩戴德。

一切似乎都很顺利，顺利到萧木很快又接到了张古龙的电话。张古龙让萧木立即到酒店，他要与她谈谈《世界尽头的奇妙之旅》和《在地狱里唱歌跳舞》。萧木觉得很奇怪，不知道张古龙为什么要在酒店谈稿子的事。但是，她并没有多问。通过短暂的接触，萧木相信张古龙是真心觉得自己的作品很好而且愿意出版，不然他怎么会在一个从未出版过作品的人身上耗费这么多精力呢？

萧木穿着自己认为最好看的衣服，打扮得格外精神。她想这次张古龙找她应该是谈小说出版的具体事宜，比如版税和印数。她有些欣喜，多年的等待似乎终于迎来开花结果的季节。坐在出租车上，她恨不得汽车能长出一双翅膀，一下飞到约定的酒店。但是，蜀城的大街总是拥堵不堪，汽车走走停停，摇摇晃晃，萧木的头有点晕。她靠在座位上，眼睛微微地闭着，脑子里再次浮现出那些大作家举办签售会的风光与得意，幻想着自己某一天被聚光灯环绕的情形。

门铃响了好几声，张古龙才趿着拖鞋来开门。四目相对的一瞬间，萧木感到十分惊讶和感动，眼前的大老板出来开门时手里都还拿着稿子。她偷偷地瞄了一眼，那是《在地狱里唱歌跳舞》的最后一章。他说："你怎么现在才来？"

"路上堵车。"萧木说，"让您久等了。"

"没事，来了就好。"张古龙看了她一眼，拉着她的胳膊往里走，"我在反复阅读你的小说。"

"请您多提意见，我一定把作品打磨到最好。"

"现在已经很好了，我是想通过阅读，找到后期宣传的亮点。"

"我听您的安排。"

"我今天找你来是想谈一下版税和首印数，你觉得多少合适？"

"我写作不是为了钱，所以我不在乎这个。"

"我喜欢你这点，一个作家应该有自己的精神追求。"

萧木表情平静，但内心激动不已。她没想到这两部命运多舛的作品，终于被眼前的伯乐发现。半晌，她对张古龙说："我只希望将来能写出更多好作品，让更多的人喜欢我的文字。"

张古龙低头一笑，说道："我喜欢你的文字。"顿了顿又抬起头看着她说，"我也喜欢你这个人。"

萧木的脸"唰"地一下红了，心脏"扑通扑通"地狂跳。张古龙不失时机地一把将萧木拥在怀里，双手紧紧地箍住她。她挣扎着，但无济于事。张古龙凑到萧木的耳边，他说："你的才华和气质，深深地迷住了我。"

说着，张古龙火热的嘴唇开始在萧木的脸庞游弋，从耳边到面颊，从面颊到嘴唇。然后，他们紧紧地拥抱在一起。

自从第一次发生关系后，张古龙几乎每隔两三天就会在酒店里与萧木约会。开始时，他们在做爱之后还会聊聊文学和出版。后来，张古龙不太愿意聊这些，每次完事后就沉沉地睡去。如果他哪次看出萧木脸上的不悦后，便笑嘻嘻地解释自己这段时间很累。萧木问为什么这样累，张古龙支支吾吾，半天也没说清道明。但是，张古龙绝口不提出版《世界尽头的奇妙之旅》和《在地狱里唱歌跳舞》

的事。

有一次，萧木实在忍不住了，云雨之欢后没等张古龙睡去便问："我那两部书大概什么时候能出版？"

"我一直在思考，到底先出版哪一部。"张古龙没有正眼看萧木，盯着天花板嘬嚅道，"你这两部作品都很棒，但我还拿不准哪一部的市场效应最好。你可能不懂，新人的第一部作品非常重要。如果第一部作品获得市场的认可，后面的路就非常顺畅。如果第一炮哑火，后面再想获得关注就很困难。"

萧木没吱声。

"其实，我还有一个想法，不知道你是否愿意。"张古龙搂了搂萧木，"我有一个非常精妙的构思，这么多年来一直找不到人写。"

"你想让我来写？"

"你真聪明。"张古龙呵呵地笑起来，"我一直觉得能写这个小说的作者，文字中要有一股特别的气质。"

"文字中要有特别的气质？"

"朴素的文字和流畅的叙述里，要散发出一种让人欲罢不能的气质。"张古龙看着温顺地躺在怀里的萧木，"就像一个女人，端庄的外表下有一颗狂野的心。"

"我的文字中有这种气质吗？"

"当我看完《世界尽头的奇妙之旅》和《在地狱里唱歌跳舞》之后，我兴奋得大叫起来，我终于找到这个作者了。"张古龙笃定地看着萧木，"你就是我想要的。"

"我看你是想要我的身体。"

"你的文字和你的身体，都是我想要的。"张古龙翻身把萧木压在身下，"我喜欢你这颗狂野的心。"

一番激情，两人气喘吁吁。

"你给我说说你构思了很多年的小说吧。"尽管萧木不情愿，但她依然想听听这个故事，"我看看这个故事到底需不需要一个文字很特别的人来写。"

"宝贝，你可要听好咯。"张古龙用指头捏了捏萧木丰满的乳头，"我精心构思的这部小说，讲的是一个女教授的两面生活。女教授白天站在三尺讲台上，穿着得体，笑容满脸，自信满满地为学子们传道授业解惑。她是学生心目中的好老师，很多其他系的学生都愿意来听她讲授的中国传统文化。但是，一旦夜幕降临，这位女教授就改头换面。她穿梭于各种声色场所，在舞台上赤裸裸地跳着艳舞，尽情地释放白天无法释放的情绪。"

"听上去的确不错。"萧木听得津津有味，"不过，就这么简单？"

"当然不能这么单薄。"张古龙自信地说，"这个四十多岁的女教授有着优雅的气质和漂亮的外表，但是，从不缺少追求者的她却一直单身。全校的师生都知道，她拒绝了所有追求者。不过，她却沉溺于别人的感情生活。她喜欢扮演第三者的角色，而且同时介入多个人的感情。最多的时候，她是十多个人的公共情人。"

"那些男人都很有钱？"

"她不是为了金钱。"

"那是为什么？"

"她仅仅是喜欢这样的角色和生活。"

"搞不懂，让人费解。"

"宝贝，这个小说就是要探讨人的复杂性。"

萧木赞同张古龙的构思，认为的确是精妙。不过，她还是喜欢自己的《世界尽头的奇妙之旅》和《在地狱里唱歌跳舞》。

"我这两部作品并不比你说的这部差呀！"

"宝贝，你是对的。你这两部作品的确不差，而且比我让你写的这部更好。"

"那你为什么要让我先写你构思的，然后再出版我已经完成的这两部？"

"亲爱的，我比你更懂策划和营销。我构思的这部作品更具有市场号召力，你那两部作品更具在文坛立足的实力。我先让你打开市场，然后再让你立足于文坛。"

"当年，墨非也是这么运作的？"

"墨非的《一个男人的控诉》肯定不是他最好的作品，却为他赢得了市场的认可。他能有现在这么高的地位，都是因为后来出版的那些厚重的作品。"

"我不懂这些，一切听你的。"

"你好好写我给你安排的这部作品吧。为了让你安心创作，我会先把版税全部付给你。"

"不用，我有工作、有收入。"

"我是想让你过得更好。"

这个夜晚，张古龙给萧木拿了两万元。

第二天，萧木便着手创作这部《夜天使》。

除了上班，萧木几乎所有时间都在写作《夜天使》。她完全相信张古龙的说辞，寄望于这部作品能让她一跃成为当红作家。在萧木潜心创作的三个月里，张古龙只来找过她一次。躺在床上，他把她搂在怀里，一个劲儿地问是否影响她创作。萧木娇嗔地说是，张古龙就假惺惺地诉说着对她的思念，说是受不了相思的煎熬才过来的。

三个月后，当萧木在咖啡馆里把《夜天使》交给张古龙时，他只是随意浏览一遍便没完没了地夸她才华横溢，是不可多得的才女。萧木并未因为张古龙的夸奖而扬扬得意，她只想着如何修改《世界尽头的奇妙之旅》和《在地狱里唱歌跳舞》。按照张古龙的计划，当《夜天使》一炮打响之后，紧接着就要顺势推出两三部重磅作品。"当占领地位后，就要巩固地位"，他当时是这么说的。这样想着，萧木觉得时间非常紧迫。

张古龙曾告诉过萧木，全国金牌策划人希亚对这两部小说有新的想法，并叮嘱她尊重希亚的意见。他说："她一手捧红了墨非，非常有经验。"

为了修改好这两部小说，萧木与希亚见了几次面。萧木对希亚的第一印象非常好，不仅长得漂亮，而且平易近人。她总是这样对萧木说："这些只是我作为一个策划者的建议，最终是否修改，权利还是在你手上。"萧木对希亚提出的建议十分认同，表示一定积极修改，把两部作品打磨得更好。

萧木所在的书店经营陷入困境，一天中难得有几个人进来买书。

书店老板有个不大的房地产企业，随着房地产市场的萎缩，企业的资金捉襟见肘，所以他打算关掉原本是用来寄托理想与情怀的书店。

不过，书店还未倒闭和作品还没修改完之前，巨大的麻烦便缠着萧木。一夜之间，她陷入一场舆论的旋涡，面临一场持久的纠缠。那时候萧木刚刚修改完《世界尽头的奇妙之旅》，准备休息几天接着修改《在地狱里唱歌跳舞》。

那个周末，张古龙没来找萧木，一身轻松的她窝在家里喝咖啡和上网。在一个文学论坛，她发现了一篇声讨《夜天使》的文章，里面充斥着各种辱骂和控诉。萧木非常吃惊，顿感事情不妙。她用了一个小时左右，才搞清楚事情的来龙去脉。

一个星期前，萧木创作的《夜天使》发布在用户最多、知名度最大的文学网站。这部小说从一开始便受到网友的强烈关注和追捧，大家都称赞这是一部语言精练、叙述流畅和故事香艳猎奇的好作品。甚至有人认为，萧木对于女教授在舞台上扭动身体时"身体与心灵一起律动"的描写直击心灵。但是，就在大家纷纷为这部作品送去夸赞时，一个名叫"蜀龙"的网友爆料，作品中的主人公赵雅丽教授真有其人，是著名的古典文学教授。这个消息让所有人感到震惊，就此展开了激烈的讨论。有人认为纯属重名，有人认为作者哗众取宠，有人认为这背后是一场巨大的阴谋。看热闹的人则叫嚣着不仅想看文字内容，更希望看到赵教授跳舞的照片和视频。

整个论坛好不热闹。

萧木以为这不过是一场误会。她很清楚，自己所写的《夜天使》的主人公根本就不叫赵雅丽，而叫杨雅丽。萧木顺着网友提供的链接地址，找到《夜天使》的原文，结果让她大吃一惊。

网站上发布的《夜天使》的确是萧木所写，作者署名也是"萧木"二字。但是，与自己电脑里保存的原文相比，现在的《夜天使》有两点改变：第一，主人公由杨雅丽改成了赵雅丽；第二，小说的结尾做了颠覆性改动。萧木的原文中，杨雅丽厌倦了，不再跳舞和介入别人的感情生活，因为她明白释放情绪的方式有很多。她把舞台换成了书斋，醉心于学术研究，成为古典文学大师。唯一没有改变的是，她终身未嫁。但是，现在网站上发布的故事结尾却变成了赵雅丽辞掉工作告别讲台，流连于声色犬马的场所，最终身患艾滋病在医院里凄凉地去世。

萧木肺都气炸了。她立即给张古龙打电话，想搞清楚事情的真相。张古龙接到电话后，第一句话就问是不是到经常去的那家酒店。萧木没有心情与张古龙风花雪月，直截了当地把在网上看到的事情噼噼啪啪地说出来。张古龙故作惊讶："真有这种事？"

"你自己看吧。"萧木情绪非常激动，"你看了再给我打电话。"

挂断电话后，萧木不安地躺在沙发上，不祥的预感潮水般漫过来。她来到阳台上，大口呼吸。恍恍惚惚中，萧木感到头重脚轻，似乎快要跃过栏杆向楼下飞去。她一个寒战，立即钻进屋内。萧木刚刚在沙发上坐下，手机就响起了。

"到底是怎么回事呀？"

"宝贝，你放心。我刚刚问了编辑部，事情非常简单，你不用担心。"

"事情很简单？"

"为了给《夜天使》营造一个好的市场预期，我让编辑把这部小说先在网上连载，以便激发读者购买实体书的欲望。现在大部分畅销书，都是这么操作的。但是，当中出了一点儿差错。"

"怎么出的错？"

"编辑在看稿子的过程中，觉得主人公的名字不好，就擅自改了一个姓。"

"为什么有人说赵雅丽真有其人？她本来就是古典文学教授。"

"同名同姓，有什么奇怪？"

"那故事的结尾又怎么解释呢？"

"编辑说你的结尾太做作，不如她修改的那样决绝。现在的读者，不喜欢这种给主人公漂白的结尾。他们跟更喜欢始终坚持自我，即便是错也要错到底的结尾。"

"错也要错到底？这都是什么狗屁逻辑？"

"亲爱的别生气，我觉得编辑的想法并没有什么错，文字处理得也恰到好处。"

"可是，我才是作者呀。即便要修改，也得给我打个招呼，问我是否愿意这样修改。你们的编辑都是些什么人呀？一点儿都不尊重作者。"

"宝贝，真的别生气了，犯不着。我给你赔礼道歉，同时也把那个编辑开除了。"

"这么快就开除了？"

"我也很生气呀，当即决定开除她，让她马上收拾东西走人。"

萧木一阵错愕、茫然。她没想到这个小说会引起这样的麻烦，更没有想到那个素未谋面的编辑会因为自己的稿子丢掉工作。不过，看到张古龙的态度，她多少好受了一点。

当天，萧木主动约了张古龙见面。鱼水之欢之后，她说她害怕。张古龙问怕什么。她说看到网上的攻击如山呼海啸，就莫名地害怕。张古龙说，你要习惯这个社会，等成为名人之后，或许这样的攻击、谩骂还会有很多。听到他这么说，她的身体马上缩小了，蜷缩在被窝里瑟瑟发抖。张古龙翻身压在萧木身上说："放心吧，宝贝。有我在，你什么都不用怕。我这辈子，你看我怕过什么？"

萧木不知所措，咬着嘴皮不断地点头，悬着的心慢慢平静下来。

不过，萧木焦虑的心最终还是没有平稳落地。三天后，还在午睡的萧木接到一个电话，听到的第一句话就是对方的破口大骂。在那个女人口中，萧木是个不要脸的女人，为了出名恶意炒作，借用她的名字编些荒诞离奇的故事博人眼球。听了半天，萧木才明白打电话的人便是赵雅丽。她双手颤抖、浑身哆嗦，手机"哐当"一声掉在地上。但是，她依然听到对方的骂声从脚下的手机里发出来。

迟疑片刻，萧木决定捡起手机，与这个受到伤害的女人谈谈。作为同是受害者的女人，她理解对方的愤怒。

"赵教授您好。"

"因为你这个不要脸的女人，我现在很不好。"

"赵教授，你先别激动，我们好好交流一下，好吗？"

"有什么好交流的？你恶意中伤我，编造故事污蔑我，难道还要我感谢你吗？"

"我当然不是这个意思。"

"那你到底是什么意思？"

"赵教授，我也是受害者。"

"你是在欺骗三岁小孩吗？"

"我没有欺骗任何人，请您相信我。"

"那我问你，小说是不是你写的？"

"没错，是我写的。"

"那你为什么要这样诋毁我？我与你有冤有仇吗？"

"对呀，我与您无冤无仇，我会诋毁您吗？"

"你这个臭不要脸的还想耍赖？难道你的书里没有诋毁我？事实摆在那里，难道你看不见吗？"

"赵教授，《夜天使》是我写的，可是有人故意篡改了小说的名字和故事的结尾。这一切，我都蒙在鼓里呀！"

"在你的笔下，我就是一个十足的魔鬼。我希望你不要再撒谎了。你撒一个谎，要用无数个谎言来圆。"

"我说的每句话都是实话。"

"可是谁又会相信你说的是实话呢？至少我无法相信，因为我是一个智商正常的人。"

"那您要我怎么说，您才相信呢？"

"你什么都不要说了，我要告你，你就等着法院的传票吧。"

"既然这样，我也没有办法了。"

"你是不是觉得你用个笔名我就找不到你了？我会请最好的私家侦探，翻个底儿朝天也要把你找出来。"

没有等萧木接话，赵雅丽就把电话挂断了。

结束这次莫名其妙的对话后，萧木瘫坐在沙发上，恐慌如秋风般呼呼地刮过来。她不知道在小说中诋毁一个现实生活中的人，到底要承担什么法律后果；她不知道赵雅丽教授到底有什么能耐，会对自己采取怎样的行动；她不知道私家侦探是一群什么样的人，会不会像电影里演的那样二十四小时监控自己。

　　萧木脑子里一团乱麻。她想出去走走，又不敢下楼，只好躺在床上，希望睡一觉忘掉这些烦恼。她在床上翻来覆去，寻思着要不要把张古龙公司那个编辑擅自更改主人公姓名和故事结尾的事情告诉赵雅丽。思前想后，她决定暂不说。首先，赵雅丽未必相信自己的话；其次，说出来可能对张古龙不好。萧木暂时不想把这个男人拉出来，否则她出版《世界尽头的奇妙之旅》和《在地狱里唱歌跳舞》的梦想就将破灭。

　　胡思乱想耗费了萧木的精力，后来她在迷迷糊糊中浅浅地睡着了。她的意识在梦境与现实之间穿梭，不确定自己是否真的做了一个长长的梦。醒来后，萧木慢慢回味，朦朦胧胧中觉得刚刚经历了一次惊心动魄的追杀。

　　那是一个寒风凛冽的冬夜，萧木独自行走在无人的街道。突然，低头而行的她听到身后传来急促而杂乱的脚步声。她回头一看，发现一群人拿着棍子朝自己跑来，瞬间意识到他们在追赶自己，立即撒腿就跑。午夜的街道十分清冷，地上零零星星地散落着枯黄的落叶。萧木边跑边回头，那群追赶者离她越来越近，还伴随着嘶哑的吼声。隐隐约约中，她听见他们在说，一定要把这个女人碎尸万段。萧木听到这句话后汗毛倒竖，披头散发地继续飞奔。她跑过一条条灯光幽暗昏黄的街道，穿过一条条黑暗的巷子，疲惫得快要撑不下去了。萧木的速度慢慢降下来，眼看着那群凶神恶煞的人就快要把棍子砸在自己脑袋上。奇怪的是，无论萧木的速度有多慢，那些人的棍子始终没有砸过来，仅仅是只差那么一点点。

萧木在亡命地奔跑中醒来，一身冷汗，四肢麻木。

突如其来的变故，彻底打乱了萧木的生活。她原本寄望张古龙出版自己的小说，并从此走上一条写作的坦途。让萧木万万没想到的是，张古龙口口声声说帮自己打开市场的《夜天使》，却为自己带来一场短时间无法摆脱的梦魇。

萧木洗了一把冷水脸，准备下楼散散步、散散心。十九楼的高度，总是让她有种恍然如梦的错觉。出门后，她沿着新希望路缓缓而行。此时是下午三点，街上行人稀少，偶尔有几个外地来的务工人员坐在树下打扑克牌。她凑上去看了看，不仅没有看懂，而且还被那几个一根一根地抽劣质烟的人异样地盯着。

萧木无趣地转身离开。

在新希望路的尽头，萧木不知道该左转还是右转。她在十字路口呆呆地站了十来分钟，最终朝右边的成龙大道走去。成龙大道与国香街交叉的地方有一个街心花园，萧木在石头凳子上坐下来。她尽量不去想那些烦心的事，眼神随意晃动。萧木发现，这个世界无非是疾驰而过的车流和行色匆匆的人们，除此之外再无其他。温暖的阳光和静立的大树，是微不足道的点缀。

无意之中，萧木发现三十米外的地方，坐着两个中年男人。他们穿着普通夹克衫，每人的手上都夹着一根烟，但并不像无业游民。

萧木偷偷地观察着这两个人，让她觉得奇怪的是，他们也在鬼鬼祟祟地偷看自己。她突然想到赵雅丽在电话里说要找私家侦探，不禁毛骨悚然。

萧木慌忙地站起来，沿着成龙大道往前走。她的脚步越来越快，担心后面的人跟上来。两分钟后，越发感到背后凉飕飕的萧木回头看了一次，那两个人跟了上来，与她保持着二十米左右的距离。这让她感到惊慌、恐惧，于是迈开腿一路小跑起来。虽然萧木不相信赵雅丽聘请的私家侦探能这么快找到自己，但她还是想在第一时间逃离这个充满潜在危险的地方。

这时，路边一辆出租车飞奔过来，眼看着就要从萧木身边溜走。萧木大声吼道："出租车，出租车。"那辆绿色出租车一个急刹停下来。萧木憋足一口气跑过去，拉开车门一头钻进去。她坐在车里回头看了看，那两个中年男人正在远远地望着自己。她从他们的眼里看到了失望，以及某种坚决。

萧木有种死里逃生的感觉。但是，她还没有来得及镇静下来，便发现自己又陷入新的恐惧。

坐上车后，萧木便催促司机开快点。司机是个五十来岁的精瘦男人，他倒是配合萧木的要求，左穿右晃横冲直撞，萧木坐在车里东倒西歪。在十字路口时，他一脸遗憾地对萧木说："红灯，我就没办法了。"

等待交通信号灯时，萧木下意识地回头看了一眼。她发现一辆摩托车疾驰而来，上面坐着刚才那两个中年男人。萧木立即转过来对司机说："快走。"

"红灯。"

"只有六秒钟了。"

"一秒钟也不行，现在罚款很严。"

萧木急得直跺脚，一边看着红灯的倒计时，一边回头看追来的摩托车。她问司机："外面的人能打开车门吗？"

"当然可以。"

萧木"啊"的一声尖叫，然后紧紧地拉住车门。红灯变成绿灯，她大声催促司机快点开车。司机就像在执行某种程序的命令，汽车呼地一下蹿了出去。看着摩托车和那两个中年男人被出租车甩得越来越远，萧木终于松了一口气，沁满汗水的手从出租车的门把手上松了开来。

"师傅，能开多快就开多快。"萧木说，"如果违章了，我帮你交罚款。"

"我看你这么紧张，是不是出什么事了？"司机没有回头，但他从后视镜里偷偷观察着萧木，"有人在跟踪你吗？"

"就是后面那辆摩托车。"萧木再次回头看了一眼，"上面坐着两个男人。"

"他们为什么跟踪你？"司机望了望后视镜，"你认识他们吗？"

"不认识。"

"那你怎么知道他们在跟踪你？"

"从成龙大道那里，他们就一直偷偷摸摸地看着我。我觉得不对劲，立即坐上你这辆车。结果，他们又跟着我们追上来了。"

"光天化日之下，居然还有这种流氓。"

"太可怕了。"

"这个城市的大街小巷没有我不熟悉的，你放心，我能够轻轻松松地把他们甩掉。"

"太感谢了。"

萧木再次回头看了看，摩托车离自己的距离越来越远。她长长地出了一口气，闭着眼睛靠在座位上。记忆深处的片段，莫名地在萧木的脑海里浮现。她想起了刘杰，想起了那段不堪回首的经历。刘杰骑着摩托车在小镇肆无忌惮地飞驰的情形就像一剂毒药刺激着她，使萧木的内心涌起一股悲伤和羞耻。

回家后，萧木蜷缩在被窝里连大声呼吸都不敢。惊魂未定的她明白，必须暂时离开这个城市了。萧木原本就是漂泊的，命中注定要从一个地方到另一个地方，永无停落的时候。她对这个城市并无留恋，唯一放心不下的只有《世界尽头的奇妙之旅》和《在地狱里唱歌跳舞》。萧木做梦都在想着两部作品出版的时刻，只是没想到竟然会如此坎坷。

傍晚时分，萧木给张古龙打电话，约定在酒店里见面。然后，她穿着并不常穿的衣服，戴着墨镜小心翼翼地出了门。在街口，她拦下一辆出租车，急切地奔向酒店。到酒店后，她看着镜子里的自己，差点笑出声来。这副打扮活脱脱地像一个离家出走、风餐露宿的流浪者。不过，此刻的萧木没有心情笑。想起接下来要面对的生活，就差没有哭出来。

半个小时后，张古龙来了。

门铃响起后，萧木一个箭步冲过去打开门，扑在张古龙的怀里呜呜地哭起来。张古龙忙不迭地安慰，告诉眼前这个弱小的女孩不会有任何事情发生，他可以搞定一切。萧木把赵雅丽打电话的事给他说了后，张古龙表现得非常震惊。他不相信自己的耳朵，连续几次问萧木是不是真的。萧木边哭边点头，她说："真的。她还说要找私家侦探调查我。我真的好害怕，你说我该怎么办呀？"

"她以为私家侦探就是万能的？你根本不用理她。"

"今天下午，我在成龙大道散步时，发现有人跟踪我。"

"你是不是看错了？别自己吓自己。"

"我看得很清楚，两个男人一直跟踪我，我直到坐上出租车才逃脱。"

张古龙陷入沉思。

封闭的房间里一阵沉默，只有卫生间里的排风扇呼啦啦地响着。

"我想暂时离开一段时间，你觉得可以吗？"

"你要到哪里去？"

"无论如何都要先离开这个城市，等你把这件事情处理好了再回来。"

"你就这样走了，我会非常想你的。"

"你能答应我一个要求吗？"

"你想要什么？"

"我什么都不想要，只想你把我那两部小说出版了。"

"不是两部，是三部。我还要把《夜天使》出版了，按照你写的原稿出版。"

这天晚上，萧木和张古龙在酒店里待到凌晨三点才离开。他们紧紧地拥抱，疯狂地做爱，直到精疲力竭，直到欲望被烧成灰烬。

回到出租屋后，萧木慌乱地收拾行李。面对凌乱的房间，她发现自己想带走的东西并不多。有些东西，注定是无法带走的，就像爱恨情仇，就像悲欢离合。最终，萧木的背包里只有几件衣物和几本书，背在肩膀上轻飘飘的。

萧木在晨曦中与这个短暂停留的城市告别。坐在出租车里，她的眼睛始终看着窗外。街灯昏黄，万物静谧。人们睡在温暖的卧室里，沉浸在甜蜜的梦中，只有萧木在苍茫的夜色里不知奔向何方。

看着看着，萧木的泪水悄然滑落。


# 5


多年以后的这个夜晚，希亚的讲述突然中断。她看着我，我看着她，面面相觑。

"她去哪里了？"半晌，我才问道。

"不知道，我想没有人知道。"希亚如释重负，仿佛刚才讲述的是自己的经历。

酒早已喝光，最后一根烟也被我抽完。

"把主人公由杨雅丽改为赵雅丽，把故事的结局由迷途知返改为彻底堕落，真的是那个编辑干的？"

"当然不是。这都是张古龙一手操作的。"

"他想借助这部小说干什么？他与赵雅丽有仇？"

"张古龙炮制这部小说，就是想把赵雅丽搞臭。"

"搞臭赵雅丽对他有什么好处？"

"你有所不知，赵雅丽与张古龙在学校里看似相处融洽，实则暗自竞争。他之所以利用《夜天使》搞臭赵雅丽，是因为学校要在他们俩中培养一个领导。张古龙的目的就是让赵雅丽陷入丑闻，在舆论的风暴中失去竞争领导岗位的机会。"

"恶心，狡诈！"

"机关算尽，不过也没有如他所愿。他梦寐以求的领导位置，依然是镜中花、水中月。"

"为什么？"

"我没有问他，也不好问他。"

"赵雅丽后来怎样了？"

"提前办了退休手续，从学校里消失了。"

我一声长叹。

"不过，我还有个问题不明白。"

"你说吧，我知道的都可以告诉你。"

"赵雅丽怎么知道《夜天使》是萧木写的？"

"当然是张古龙通过某种手段告诉了那位恼羞成怒的教授。"

"他只想把赵雅丽搞臭，为什么还要把萧木拉进火坑？"

"女人嘛，玩一段时间就够了。张古龙这一招，既点燃了赵雅丽复仇的火焰，又能利用这个可怜的教授把萧木赶走，你说高明不高明？"

"不是高明，是无耻。"

"他本来就是个无耻之徒。"

"既然如此，我想张古龙从来就没有想过出版萧木的《世界尽头的奇妙之旅》和《在地狱里唱歌跳舞》。"

希亚欲言又止，双唇紧闭。她只是淡淡地笑了笑，摇摇头起身准备离开。我站起来说："我送你回去？"

"不用了，你早点儿休息吧。"

"以后常联系。"

"好的。"希亚依然笑着，"一定会联系的。"

# 第六章　真相

## 1

短暂的相见以及别人口中粗略的讲述，为我勾勒出一个更加真实但又不全面的萧木。有时候，萧木在我的脑海里很清晰；有时候，萧木在我的脑海里又很模糊。她亲口对我讲述了童年生活和在那个喧嚣小镇的故事，希亚给我讲述了萧木在工厂的生活，以及作品出版过程中的荒诞离奇的遭遇。关于萧木的记忆，寥寥数人将其终止在那场并未引起轩然大波的自杀直播中。对于别人来说，萧木早已化作灰烬。可是当萧木在我生命中短暂出现又消失后，尤其是当希亚给我讲述了她从这个城市灰溜溜地逃离的故事后，我对她从离开这个城市又重新回来之间的这段生活，更是充满好奇。

遗憾的是，萧木失踪了。

萧木后来到底经历了怎样的生活，无人知晓。我在这个城市再也找不到与萧木有任何牵连的人。不过，我也并无奢求。当我得知萧木搬离幸福大街槐树巷 66 号后，便做了最坏的打算，告诉自己今生可能再也见不到她，得不到关于她的任何消息。希亚突然讲起的萧木与张古龙之间的故事，算是意外的收获。

我重新过上单调、乏味的生活，每天沉浸在阅读之中，在别人的故事里寻找慰藉与感动。天气越来越热，大地快要变成一个炽热的火球。在那个随时可能迎来暴风骤雨的午后，我看着五年前若童送我的礼物，以及那张略显陈旧的照片，跌入回忆的大海，在波涛与风浪中回味旧日的情感。若童离世已经几百个日夜，我对她的愧疚不减反增。如果当初果断与希亚离婚，我和若童的命运都将朝着另一个方向发展。我不知道那是好是坏，总之不会是今天这个局面。

回忆是苦涩的，我不得不抽身回到现实。

大雨终于落下来，在电闪雷鸣中把窗户打得啪啪作响。我来到阳台，打开窗户任凭风雨敲打着我沧桑的面容。看着天空白茫茫一片，我突然想到萧木与若童有着相似的命运。童年不幸、感情不顺、漂泊不定，她们都热烈地追求一段感情，却阴差阳错地与幸福失之交臂，想来让人叹息。我用双手抹去脸上的雨水，闻到湿漉漉的手上有咸咸的味道。

我回到书房，拿起书架上的《世界尽头的奇妙之旅》和《在地狱里唱歌跳舞》读起来。杜小青、唐菁和萧木的形象叠加在一起，不断地我脑海里闪现。我像个呆头呆脑的侦探，在字里行间寻找萧木，希望能从某个词语中找到她现在身在何处。一页一页地翻看着这两部小说，看完一遍没有收获后，我又重新翻看。如此周而复始，没有收获就誓不罢休。

抽了一包烟，喝了几壶水，整个下午我都在研读萧木的这两部心血之作。其间，我在几个房间里来回踱了几圈，像个自言自语的疯子，思考着萧木隐藏在文字中的信息，结果让我感到惊喜和欣慰。

我在杜小青和唐菁两个女人身上，发现了一个共同点。在经历一连串沉重的打击后，她们都走进了一个封闭、自我的世界。在那个世界里，两个女人无一例外地无拘无束，肉体与精神终于结合在一起。我茅塞顿开。虽然我不确定萧木到底在哪里，但我相信她会沿着笔下主人公的脚步，在某个角落里过上另外一种生活。这样想着，心中不免轻松起来。无论怎样，只要萧木安静地过她想要的生活，就是最好的结局。

城市的夏夜缺少一份静谧，大街上总是无比喧闹，嘈杂声从四面八方挤进耳朵里。我在街上踽踽而行，看着欢腾的人们，发现这个活色生香的世界其实很好。孩子们欢乐地做游戏、滑旱冰，老人们在各种滥大街的歌曲中摇摆着身体欢快地舞蹈，年轻男女们旁若无人地亲昵和漫无目的地闲逛。每个人都拥有自己的生活，每个人都在自己的世界里活得自由自在。

我沿着幸福大街向槐树巷 66 号走去，脚步不快不慢。我带着一丝侥幸，希望能看到萧木曾经居住的房子里亮着灯，希望看到窗帘背后她模糊的身影。这只是一种想象，我清醒地知道萧木已经搬离。不过，我愿意再次前往那个地方，仅仅是因为抱着一份希望。

槐树巷 66 号的院门敞开着，但里面一片黑咕隆咚。我向里走了两步，环顾四周确定没有一户人家亮着灯后，便退了出来。我跟往常一样，绕过槐树巷从后面那条街往回走。报亭空空荡荡，隔着玻璃我看到里面没有一本书和杂志。那位大姐现在过得怎样？是否找到了更好的营生？

半个小时后，我汗流浃背地回到家里，躺在沙发上沉沉地睡去。

# 2

日子一天天过去，我过着与世隔绝的生活。星期六的下午，希亚给我打来电话。看着"陌生人"三个字在屏幕上闪烁，我犹豫着要不要接。

"不想接我的电话？"

"没有啊。什么事？"

"放心，反正不是找你上床。这一次，我们真的彻底分开了。"

希亚呛得我哑口无言。

"告诉你一件事情，对于你日思夜想的萧木来说，非常重要。"

"我没有日思夜想啊。到底什么事？"

"张古龙还在想方设法寻找萧木。"

"他把一个女人逼成这样，还不打算放手？"

"他担心萧木联系上赵雅丽，把当年通过小说诋毁赵教授的事抖出来。这样，他就身败名裂。"

"你放心，我也找不到萧木。"

"不是我放心不放心，我只是把这个消息传递给你。如果你不相信我的一片好意，就当我没说吧。这段时间，你还好吧？"

"谢谢你，很好。"

"怎么这么客气呀？你不是说要常联系吗？一日夫妻百日恩嘛！"

"我会永远记住你的恩情。"

结束与希亚的电话后，我琢磨着刚才对她说的话。希亚的确有恩于我。我想起张古龙曾经在萧木面前的吹嘘，我当年确实只是个喜欢写作的文艺青年，希亚发现并出版了我的小说，才使我有了今日的物质生活和社会地位。有时候，为数不多的几个文友口若悬河地夸赞我，认为我不但靠着希亚成为著名作家，而且还抱得美人归，充分实现爱情、事业双丰收。在他们眼中，上苍给了我太多宠爱。但是，没有人知道我与希亚的爱情和婚姻有多糟糕，没有人明白我内心的彷徨与焦灼。那些经年累月的痛苦，孤独的我只有在一个个失眠的夜晚，向浓郁的夜色倾诉。

我是幸运的，也是不幸的。

黄昏时分，我接到一个电话。

电话是一个男人打来的，说话时带着浓重的地方口音。"墨非"两个字，在他口中变成了"墨灰"。

"请问你是哪位？"

"你给我打电话，你还问我是哪位？"

"我是想确认你到底是不是墨非先生。"

"我是墨非。请问你是哪位？"

"我先不告诉您我是谁。不过，我想见您一面，您是否愿意赴约？"

"我从不与陌生人见面。"

"墨非先生，我非常尊敬您。我仅仅是不希望在电话里说出我的名字，因为担心别人窃听您的电话。如果您愿意见面，我会当面告诉您。"

"我真的从来不与陌生人见面。不过，如果你能说出一个说服我的理由，或许我会赴约。"

"在我这里，您可以获得想要了解的那个人的一些事情。"

"我想要了解的那个人？"

"至于是哪个人，我想您心里清楚。"

"我考虑一下。"

"晚上八点，我在文化路的'回归'书店等您。"

面对突如其来的电话，我觉得自己的生活又将进入一个奇妙的阶段。这些年来，每当我陷入沉寂之后，就会迎来各种各样的奇遇。挂断电话的一瞬间，我便知道对方口中那个我想了解的人是萧木。只是，我不知道给我打电话的人到底是谁。据我所知，这个城市与萧木有关的人不多，无非是张古龙、赵雅丽和希亚。从口音上，我能听出不是张古龙。但是，这不能否认这次邀约不是张古龙安排的。他完全可以暗中指使，安排一个爪牙来与我交锋，从中获得萧木的下落。这样的事情，无耻的张古龙没有少干。

不过，我决定赴约。但凡与萧木有关的事情，我都甘愿冒一次险。

我在常去的那家面馆吃了最喜欢的牛肉面，然后坐着公交车前往"回归"书店。我已经很久不开车了，那辆越野车在车库里完全被灰尘覆盖，平常出门不是坐出租车就是坐公交车。文化路离我家不远，等车的时候，我数了数，十一个站。七点二十分时，我坐上333路公交车，应该不会迟到。虽然这个城市总是塞车，但公交车有专用道，跑起来倒是很快。二十分钟后，我在文化路下车。打电话的人告诉过我，在文化路215号右拐，穿过一条小巷子就能看到"回归"书店。

我边走边盯着路边的门牌，走了很长一段后才发现对面是双号，于是又过街到对面寻找。十分钟后，我看见了文化路215号。果然有条小巷子。巷子很深，街灯不亮。从整体风格看，这里并不适合开书店，倒是各种杂货铺沿街林立。此时已经是晚上八点，商铺大多已经打烊，巷子里冷冷静静，与喧闹的都市格格不入。我走完了整条巷子，并未发现"回归"书店。沿路返回的途中，我给对方打电话说没有找到。电话里，他给我耐心地解释路线，细致到在多少米处拐弯，再上多少步台阶。

按照获得的信息，我在离文化路215号路口二十米的地方拐进一个小岔路。我抬头一望，果然看见苍茫的夜色中影影绰绰地露出"回归"两个字。店招上面没有灯光，初次来的人很难找到。"回归"两个字后面没有"书店"，即便是看见店招的人，也不一定知道这是一家书店。书店比外面的房子略高，所以有七八步台阶。踏上台阶，我终于看到"回归"书店的真面目。

推门而进，映入眼帘的是几排书柜、几张书桌，吧台上没有人。我拣了个靠窗的位置坐下，等待着那个神秘人物的出现。书店里灯光比较暗，但每一张桌子上都放着一盏台灯，供阅读者使用。我环顾这间几十平方米的书店，看书的人不多，大约十来个。

我觉得这不像一个卖书的地方，更像是一个水吧，书只是对消费者的增值服务。

正在我遐想之时，电话响起。

"到了？"他问。

"到了。"我答。

"您先坐会儿，我马上就来。"

"好的。"

这人到底在干什么？我又不是特殊人物，何必把气氛搞得如此神秘。片刻后，书店角落里的门缓缓打开，一个清瘦的男人朝我走来。我才发现，这套房子原来有两层。而且，这扇小门在角落里隐藏得难以发现。

"请问您是墨非先生吗？"

"我是墨非。请问你是谁。"

"我是肖海波。"

"肖海波。"我差点儿惊叫起来。

"我就是肖海波。"

我终于明白，他为什么说可以告诉我关于萧木的更多故事，原来他就是萧木的初恋。我原以为这是一场鸿门宴，没想到却见到了萧木给我讲述的那个羞涩的男孩。如今，虽然他已经从一个男孩成长为一个男人，但依然腼腆，说话的声音温柔得像蚊子叫。

"你不是与萧木分散好多年了吗？"我喝了一口肖海波递上来的竹叶青。

"整整五年。"他说，"但是，后来我们偶然联系上了。我想，这是上帝觉得我们遭受了太多磨难，所以作为补偿让我们重新在一起。"

"偶然？"

"非常偶然，说起来一般人很难相信。"他说，"某个夜晚，对生活感到灰心失望的我，在网上看到一个名为'绝望收藏室'的微博，便把自己的烦恼给微博的主人说了，希望能得到开解，获得继续生活的勇气。我想您已经知道，'绝望收藏室'的主人就是萧木。"

"我们见面时，她给我说过。"

"那段时间，我每天都登录微博，却没有发现留言。"他给我续了一杯水，"但是，就在我不抱希望时，我的电话却响了。因为我当时在农村无法随时上网，便留下了手机号码。"

"萧木打来的吧？"

"电话接通后，我们同时大哭起来。"他说，"我和她都不相信，这辈子还能重逢。那天，我们哭了很久很久，直到嗓子都沙哑得说不出话来。"

我感叹人世间的缘分如此奇妙，感慨萧木与肖海波蹉跎的感情。书店里人越来越少，夜越来越安静。肖海波敞开心扉，给我说了很多他与萧木分开之后的事情。

当年，肖海波得知心爱的人与街上一个小混混在一起后，他非常失望和愤怒。失恋后的他情绪低落，每天神情恍惚。虽然父母非常痛心，却还是无力挽救肖海波。无心学习的他退了学，跟随村里一个年长的小伙子到云南打工，在一个建筑工地学习砌砖。

每天十多个小时的体力活让肖海波吃不消，但更让他痛苦的是对萧木的思念。每天夜里，他拖着疲惫的身体坐在工地上，望着深邃的夜空，感觉人生毫无意义。孤独的他期望着萧木能够出现在面前，或者就像夜空里的星星那样，即便不能深情相拥也可以静心凝望。但是，这一切都是痴人说梦。

　　这样的日子持续了两年。两年里，肖海波没有回一次家，他把自己放逐在遥远的工地上，试图通过高强度的体力劳动来忘记沉在心底的那段感情。他明白今生再也无法见到萧木，自己唯一能够做的就是忘记他们曾经拥有的感情。不过，肖海波越是想忘记，内心的思念就越浓。她的笑容和声音，她的长发和倩影，总是一次次出现在肖海波的梦里，或者某个发呆的时刻。

　　两年后的那个冬天，肖海波回到老家时专程来到学校。他不是想重返课堂，而是想再见萧木一面。遗憾的是，萧木也已经离开校园，且无人知晓她到底去了哪里。肖海波与曾经的同桌关系很好，那天中午他请对方在小镇的饭馆吃饭，想打听萧木的消息。没想到同桌也不知道萧木现在身在何处，但可以肯定的是她与刘杰再无瓜葛。

　　得知萧木迷途知返，肖海波感到十分欣慰。

　　为了找到苦苦思念的萧木，肖海波想了很多办法。他到萧木的村子里，邻居告诉他萧木的母亲死后，她就辍学跟村里的一个女孩外出打工了。肖海波又找到带萧木进厂的那个女孩的妈妈，那个朴素的女人说，她女儿一年前换了厂子，也与萧木断了联系。

　　肖海波垂头丧气地离开村子。走投无路的他能想到的最后一招，就是到镇上找刘杰。肖海波对刘杰恨之入骨，现在却要央求对方告诉自己萧木的下落。他认为这是最后的救命稻草。此时，尊严在他面前一文不值。两年来，肖海波终于明白，只要能够找到萧木，他愿意付出任何代价。

面对肖海波的到来，刘杰仰天哈哈大笑。他说："我玩过的女人那么多，难道我都要记住她们后来到哪里去了？"

"你们分手后，一次都没有联系过？"肖海波忍住满腔怒火，"我没别的意思，只是想知道她现在在哪里。"

"你什么意思都与我无关。"刘杰满不在乎地说，"我们之间没有感情关系，只有肉体关系。"

肖海波忍无可忍，冲过去一拳砸在刘杰的脸上。刘杰的鼻血汩汩地流，抹得满脸都是。这个小混混趾高气扬惯了，哪里受得了这样的羞辱。当时，刘杰正与几个哥们儿在茶楼喝茶。他一声招呼，一群人对肖海波拳脚相加。开始，肖海波还能够还击。他搬起椅子、抓起茶杯，猛烈地对抗。后来，他实在应付不过来，只有蜷缩在地上抱着脑袋，忍受拳脚无情地砸在自己身上。

狼狈不堪的肖海波跟跟跄跄地回到家，整个春节都窝在屋子里不愿出门。

春节过后，肖海波再一次离开家乡，辗转于各个城市。从那以后，年初出门年末归家。在父母眼里，这个儿子从未改变，沉默寡言被他们认为是乖巧听话，唯一让他们操心的是他的婚事。二十多岁的肖海波已经到了谈婚论嫁的年龄，但他却始终没有谈恋爱。父母很着急，到处找人给儿子介绍对象。拗不过爸爸妈妈的要求，肖海波每年春节回家都不得不出现在各种相亲场合。不过，几年过去后，他依然单身。每一次，他都对父母说那些女孩子都不合他的意。

"你到底要找个什么样的女孩子呀？"

面对父母的逼问，肖海波只好含糊其辞，说些不着边际的话。

二十五岁那年春节，妈妈用没完没了的哭泣逼肖海波就范，与一个长得还不错的女孩闪电结婚。女孩生性老实，不太爱说话。初中毕业后，她一直在家里与父母一起种庄稼。但是，这段婚姻只维持了一年时间。肖海波根本不爱这个女孩，结婚一年来没有与妻子发生过一次性关系。而且，爱说梦话的他总是在梦中一次次呼喊"王小倩"。妻子很不高兴，就追问王小倩到底是谁，肖海波又坚决不告诉她。两人的关系顿时变得前所未有地紧张，在争吵与冷战中艰难地熬日子。几个月后，他们最终选择了离婚。

肖海波为结束这段婚姻耗费了半年时间。两人在利益上没有分歧，但是双方父母无一例外地劝阻，让当事人不知如何是好。遗憾的是，四个老人用尽全力也无济于事。最终，肖海波和妻子还是好聚好散。他知道是自己对不起这个无辜的女人，愿意把这些年的所有积蓄都给她作为补偿。但是，她不接受。

离婚伤透了父母的心，肖海波自己却获得了解脱。他再次踏上放逐之旅，在各个城市的工地上游荡。但是，他心里依然想找到萧木。只是一次次无果的寻找，让他陷入绝望的泥潭，觉得人生再无意义。当肖海波看到"绝望收藏室"时，尝试着敞开心扉袒露心迹，把自己的感情历程和人生艰辛一股脑儿地倾吐给素不相识的人。没想到，这一次倾诉却让他和萧木意外地重逢。

那时候，肖海波在故乡的小山村，萧木在一个偏远的县城。两人商量后，肖海波千里迢迢来到萧木所在的地方。这对历经艰辛重逢的恋人，决定今生今世永不分离。


# 3


"回归"书店十点钟就已经关门歇业。此刻，温馨的书店里只剩我和肖海波两人。他起身为我续水，我拿出烟抽起来。

"墨非先生，您知道吗？萧木回到这个城市后对文学已经无欲无求，她只想完成几件想做的事情，安静地过我们的小日子。但是，我害了她。"

"你害了她？"

"我只是希望她苦心创作的作品能够重新找到出版的机会，却没想到引起了张古龙的注意，现在迫使她不得不再次离开这个城市。"

"我不明白你的意思。"

"实不相瞒，《世界尽头的奇妙之旅》和《在地狱里唱歌跳舞》是我放在您门口的。"

"那个打电话的神秘女人，也是你安排的？"

"是的。我找了一个信得过的朋友帮我打电话，与您取得联系。"

"你为什么要这么做？"

"我觉得您能帮助萧木。"

"为什么？"

"我听萧木说起过，张古龙一手把您包装成大作家。我平常不怎么读书，上网搜索后才得知您在文坛的地位。我费尽心思才找到您的住所，悄悄地把书放在您家门口。我抱着侥幸的心理，希望您看到她的作品后，向读者做个推介。没想到，您真的写了那篇《寻找萧木》。"

"但是，我这篇文章也给萧木带来了麻烦。"

"如果说麻烦，源头也出在我这里。我不应该让您去见她。"

"我愿意写那篇文章，的确是觉得萧木的作品很棒。我去见她，是因为我实在太好奇了，我想看看，是怎样的女子，才能写出这么好的作品。"

"墨非先生，我今天约您来，不仅是向您讲述萧木的经历。还有一个目的，就是希望您能帮我两个忙。"

"我能为你做什么？"

"第一，帮忙把《世界尽头的奇妙之旅》和《在地狱里唱歌跳舞》出版了，让萧木的梦想实现；第二，请您帮忙经营'回归'书店。我和萧木都十分喜欢这家书店，是我们回归这个城市的一种标志，所以才有了这个店名。"

"出版萧木的作品我可以理解，帮你经营书店是为什么？难道你不想要这家书店了？"

"当然想要，只是萧木决定离开这个城市。我得陪着她，她到哪里我就到哪里。这家书店本来就是萧木开的，我只是负责经营而已。"

"你们准备去哪里？"

"还没有确定，可能会去比较偏远的小城市。"

"现在，萧木在哪里？我是否可以当面与她谈谈？"

"我感到非常抱歉，墨非先生。不是萧木不愿意见您，她非常感激命运让你们认识。只是，她觉得不方便。"

"有什么不方便？"

"请您原谅我实话实说。张古龙千方百计地寻找萧木，而您的前妻又是他公司的合伙人。这个狡猾的老狐狸，就是利用您和前妻的来往，从而跟踪您找到萧木的住所。"

"我理解萧木的想法。上一次，我在去找她的路上，的确发现有人跟踪我。没几天，她就搬家了。"

"当天晚上就有人上门骚扰萧木，吓得她关掉所有灯蜷缩在被窝里大气都不敢出。"

"那时候你们在一起吧？我来的时候，没有看见你。"

"在一起，我们早就发誓这辈子到哪里都要在一起。因为我十点钟才下班，所以回去时已经很晚了。"

"那你知道骚扰你们的人是谁吗？他们有没有提什么具体要求？"

"不知道是什么人，但可以确定是张古龙派来的，因为萧木手上有张古龙的把柄。他们只是说让萧木滚远点，不然就让她横尸街头。"

我点了点头。

"出版《世界尽头的奇妙之旅》和《在地狱里唱歌跳舞》的事

就交给我吧，我尽量不辜负你们的期望。"

"'回归'书店的转让手续我会尽快办好，给您添麻烦了。如果您实在不想打理这家书店也没关系，我们可以直接关闭。"

"我愿意。"

肖海波望着我，不断地点头。半晌，他才说："谢谢！"

# 第七章　预谋自杀

## 1

肖海波的讲述时而激动，时而委婉，言语中间充满与萧木重拾爱情的欣慰，又夹杂着对爱人这些年颠沛流离的心疼。从萧木失意离开到与肖海波重逢这段时间长达两年多，很多记忆琐碎得如路上的小石子，讲起来没有条理。经过我整理后，现在转述给你们的是一个相对完整的人生片段。

这个片段并不是萧木流离的起点，也不是终点。但是，这是萧木最为艰难的一段人生。从她坐在摇晃的火车上开始，就陷入孤苦、无助以及迷茫的丛林，生命中所有的黑暗都蜂拥而来。后来，接踵而至的打击和绝望，让萧木跌入万丈深渊。

因为赵雅丽和《夜天使》的事情，萧木不得不离开蜀城。

在熙熙攘攘的火车站，萧木买了一张前往巴城的车票。她从来没有去过那个小县城，只是曾经听村里的一个女孩说起过。那个女孩有个姑姑嫁在巴城，她暑假时去过一次。回来后津津有味地向村里的伙伴们炫耀城市里的生活，听得当时的小伙伴们十分向往。在大城市辗转几圈后，萧木当然明白巴城不过是一个封闭、落后的小县城，与她去过的大城市无法相比。但是，此时此刻她除了巴城外也别无去处。至少，那是一个曾经听说过的地方。

这是一趟晃晃悠悠的慢车，每个站都要停靠几分钟。一路上乘客上上下下，过道里川流不息。萧木向乘务员打听，如果不晚点，到巴城总共要十个小时。听到这个消息后，疲惫如潮水般漫过全身。萧木想睡会儿，但邻坐的小孩一直哭个没完。或许是车厢里太沉闷、嘈杂，这个四五岁的小女孩，无论妈妈问她为什么哭都不回答，只是扯起嗓子放开了吼。

"对不起啊，她第一次坐火车。"女孩的妈妈对萧木说。

萧木微笑着对女孩说："没事的。宝贝好漂亮呀！"

小女孩看着萧木愣了片刻，接着继续哭。萧木看了一眼女孩的妈妈，两人相视一笑。

火车走到一半时，萧木实在撑不住了，时不时地眯着眼打盹儿。她的座位靠近过道，好几次在摇晃之中差点儿摔倒在地上。又过了两个站，她看了看车窗外的站台，昏黄的灯光里写着"羊马"两个字。萧木不知道羊马到底是什么地方，看上去应该是个小镇。车从羊马站重新出发后，萧木就沉沉地睡了，直到第二天上午十点，她终于来到巴城火车站。

巴城与萧木想象中差不多，狭窄的街道、陈旧的房屋，汽车、自行车和行人杂乱地穿梭。沿街地摊很多，各种叫卖声传来，倒是别有一番味道。萧木沿着火车站正对面的大街走着，小县城的气氛让她感到自由自在。虽然街边老树枯萎，一片萧瑟，但阳光还不错，慵懒地照射着疲倦的城市。

半个小时后，萧木看见路边有个宾馆。招牌掉了一个字，认不出到底是什么宾馆。萧木管不了这么多，她径直走进去，先安顿下来再说。登记时，萧木才发现钱包找不到了。她翻遍所有口袋，依然不见那个粉红色皮夹子。她站在大堂里陷入回忆的漩涡，半天也想不起到底在哪里遇到了盗贼。火车上睡觉那会儿？还是出站时拥挤的时候？不幸中的万幸是张古龙预付的版税已经存在银行卡里，而且身份证也没有放在钱包中，皮夹子丢了对萧木的生活没有太大影响，只是遇到这样的事，心情终究不太舒服。

萧木实在太困了，倒在床上呼呼地一觉睡到傍晚才醒来。洗漱后，她出门走在陌生的巴城。街上行人稀少，部分商铺已经关门。萧木瞬间对这个小城充满好感，这里的生活轻松、悠闲。明净的天空和温柔的晚风，抚慰着这个走投无路的女子。她在一家面馆里吃了排骨面，接着继续往前走。来到巴城的第一天晚上，萧木漫无目的地在街上走了两三个小时，直到晚上八点才原路返回宾馆。

回来的路上，萧木一直在思考一个问题，她必须得找份工作安顿下来，然后一边工作一边写作，等待返回蜀城的时机。萧木很清楚，她来巴城只是权宜之计，等《夜天使》引发的风波平息下来，当张古龙把《世界尽头的奇妙之旅》和《在地狱里唱歌跳舞》出版后，就是自己返回蜀城的时候。她相信，这一天并不遥远。

经过一个星期的寻找，萧木才明白巴城并没有太多就业机会。

看得上她的公司，给不起满意的工资；给得起工资的公司，却不给她面试的机会。唯一一个工资待遇和工作内容都还不错的公司，第一次面试时老板的眼神总是停留在萧木的胸部上，那个肥头大耳的中年男人让她感到恶心。萧木主动放弃了。

萧木希望找个与文字有关的工作，能够继续保持对文字的敏感。但是，最终却在一个酒吧里落下脚。

酒吧是萧木最讨厌的地方，从来没有去过，可她没想到第一次进酒吧竟然就是去工作。为了生存，别无选择。在巴城这段时间，萧木在这家名为"路过"的酒吧里工作时间很短，二十一天后就逃之夭夭。就像酒吧的名字一样，她真的仅仅是路过而已。萧木原本是抱着试一试的心态到酒吧寻找一份营生安顿下来，否则她无法静心创作，银行卡里的钱也无法保证她顺利返回蜀城。

在酒吧上班，喧闹的环境让萧木难以忍受。更无法忍受的是，她不得不打扮性感，穿着暴露，面对肥头大耳、气焰嚣张的客户时还得表情妩媚、笑容甜美。在窘迫的现实面前，萧木忍受着这些不堪。但是，最终让她做出离开决定的，是经常有些看上去流里流气的人让她陪着他们喝酒。

那些自以为有钱买消遣的人，总是粗声大气地对萧木说："美女，来陪我兄弟喝一杯。"开始的几次，萧木总说自己不会喝酒，而且也从来没有喝过酒。为了给客户面子，她会补充说："我以茶代酒敬这位老总一杯，可以吗？"前几次，她都这样糊弄了过去，可是后来，她就没那么幸运了。

工作三个星期后，萧木遇到一位中年男人。他身材五短、腰肥体胖，一根头发都没有的脑袋像个玻璃球。萧木第一眼看见他就觉得浑身难受，因为这个满口黄牙的人说话声音大得希望所有人都听见，每说完一句话后，还总会跟上一长串"哈哈哈"的笑声。他不停地打电话，好像在跟天南地北的人谈大生意。半个小时后，这个男人所在的包厢里又来了三个人。三个人还没有完全落座，他就一声大吼："美女，过来倒酒。"完全一副粗鲁的暴发户做派。

　　萧木眉头紧锁面色不悦，好在对方没有发现。倒酒的过程中，中年男人粗声大气地给萧木介绍他的三个兄弟。萧木勉强扯出笑脸看着那三个人，心中却十分厌恶。空闲时，她曾听在这里上班的女孩交流工作经验，说到酒吧消费的人中，嚣张跋扈的多半是暴发户。看着眼前的情形，萧木觉得那些女孩的经验的确是在长期工作中总结出来的。

　　在中年男人的介绍中，萧木得知戴眼镜的是文化公司的陈总，梳着大背头的是包工头杜总，板着脸孔一副死猪样的是专卖保健品的徐总。她点头对三位说："各位老总好，希望你们玩得开心。"

　　"他们是否开心，就看你陪得好不好嘛！"

　　"我只是一个服务员，怎么能陪老总，还是您自己陪最好。"

　　"我天天陪他们，他们看到我都有点儿烦了，今天由美女陪。"

　　萧木想转身离开，却被中年男人一把拽住，扭得她胳膊生疼，差点儿尖叫起来。

　　"我怎么陪他们呀？"

　　"又不是让你陪他们睡，只是喝杯酒而已。"

　　"我不会喝酒。"

"不会喝酒？不会喝酒你他妈的到酒吧来干啥？"

中年男人突然发飙。

徐总那张死猪脸表情有些变化，他看了看其他两位，回头对中年男人说："田总，我们安静地聊会儿吧。"

陈总和杜总立即帮着徐总说话，一起规劝田总息怒，梳着大背头的陈总说："她不过是个小女孩，找份工作不容易。"

田总却不依不饶，"她再不容易，也要把几位兄弟照顾好啊！"

萧木战战兢兢，不敢说话。

"给我换个机灵点的姑娘。"中年男人向着门口咆哮，"这种不解风情的女人没啥用处。"

一路哭着冲出酒吧，萧木捂着脸回到出租屋内。她给酒吧主管打电话说明情况，想获得理解和同情，没想到反而遭到了一顿奚落。在那个三十多岁的女人眼中，萧木太矫情了，既然在这种声色场所工作，就不要端着架子，客户让你陪酒是本职工作，不然酒吧的生意还怎么做呀？最后，那个女人说："像我们这样的人，尊严一文不值。你明白吗？"

萧木无话可说，默默地挂断电话。从此，她再也没有踏进"路过"半步。萧木放弃了二十一天的收入，毅然结束了在巴城的第一份工作。

那天晚上，萧木通宵未眠。她不再哭泣，也不再感到屈辱。但是，无助和迷茫却始终围绕在她身上，挥之不去。半夜，萧木给张古龙打电话。电话响了很久，一直无人接听。萧木把手机放在床边，木讷地看着电视。

电视里正在播放一档相亲节目，男人们站在灯光下接受女人挑剔、刻薄的评论。第三个出场的男嘉宾消瘦而腼腆，他自我介绍说名叫王成，来自农村，今年二十八岁，虽然出生卑微，但有着一颗激情澎湃的心。在主持人的鼓励下，王成结结巴巴地说："我从十六岁开始到大城市打工，从一个城市漂泊到另一个城市。现在，我厌倦了漂泊的生活，希望找一个女孩安定下来。"

小伙子的话引起一阵骚动，有人问他是干什么工作的，有人问他每个月收入多少，有人问他有没有钱买房买车。任凭台上的女孩子们如何询问，那个叫王成的男孩始终只低垂着头，一句话也不说。最后，一个身材高挑、性感的女孩认真地对他说："你厌倦了漂泊，我们也需要安定。可是，我就只问你一句话，你拿什么让女人安定？你自己都不安定怎么又能让你的女人安定？"

演播大厅鸦雀无声，一向口若悬河的主持人也苦着一张脸，好几次想说点什么，却始终没有张开嘴。最终，每个女孩面前的都灯都熄灭了。这意味着王成要面对最残酷的现实，没有一个女孩愿意与他一起结束漂泊的生活。王成被噎得说不出一句话来，只得灰溜溜地离开舞台。

萧木看着王成的背影，突然觉得他很像肖海波。这种感觉犹如一道闪电划过。让她的心不由自主地疼痛起来。然而疼痛并没有持续太长时间，随着王成的退场，肖海波的影子也慢慢在脑海里消散。但是，最后那个女人说的话再一次浮上萧木心头，她怅然若失。萧木明白，安定是自己目前最迫切的需要，至于其他，她还没有精力去考虑。

正在萧木遐想时，电话骤然响起。

"你打电话找我有事？"

"没事就不能给你打电话吗？"

"我是说有什么急事？"

"我的书什么时候出版？"

"现在还不确定。"

"稿子已经按照希亚的意见修改了，怎么还不出版？"

"任何事情总得有个过程呀！"

"这个过程到底需要多长时间？我想回蜀城。"

"你可千万别回来。"

"我不想一个人在巴城。"

"赵雅丽到处找你，你这时候回来不是自投罗网吗？"

"那到底要躲到什么时候？"

"等风声过去，我把你那两部小说出版了，你就可以风光无限地返回蜀城。"

萧木完全相信张古龙，即便不相信那又怎样，她已经把理想与前途押在他身上了。所以，她耐心地等待小说出版和回到蜀城的那一天。

## 2

不得不继续待在巴城的萧木接下来换了很多工作，从保洁员到洗碗工，从洗头妹到按摩小姐，从超市收银员到保姆。这些工作中，在一个饭店里洗碗的时间最长，达到两个半月。但是，萧木最终还是放弃了那份工作，每天与几个大婶在脏兮兮的后厨里忙碌，她实在看不到人生的希望。离开饭店后，萧木来到一户人家当保姆。最终，她又因为反抗男主人的性骚扰而失去了工作。

底层的生活让萧木对生活的艰辛有了更深层次的体验，这弥补了她生活阅历的不足，也为她后来的创作打下了坚实的基础。

因为与男主人的突然闹翻，萧木的心情很糟。更糟的问题是，她必须去找个住的地方将自己安顿下来。保姆的那份工作包吃包住，而与男主人大吵一架后，虽然女主人再三挽留并一再道歉，萧木仍然收拾行李离开了雇主家。她随便找个公交站下了车。走在巴城的大街上，她神情恍惚。巴城没有一个亲人、朋友，这里的一切都与萧木没有半点儿关系。如今，失魂落魄地走在陌生的街道上，她觉得自己是一条丧家之犬，永远都在夹着尾巴四处逃离。走着走着，泪水悄然地在脸上滑落。

萧木在宾馆住下，疲倦地睡了一个大觉，傍晚时才醒来。她到楼下吃饭、散步，然后折身回来，窝在宾馆里发呆。萧木觉得自己就像个逃犯，过着暗无天日的生活。突然之间，一种强烈的离开巴城的念头在脑海里翻腾。可是，哪里才是她的归宿呢？

蜀城。这是萧木做梦都想回到的城市，几乎每个夜晚，她都会梦见曾经走过的街巷。不过，她能否如愿回去还得看张古龙。如果他能顺利出版《世界尽头的奇妙之旅》和《在地狱里唱歌跳舞》，萧木便能立即回去；如果他不再出版这两部作品，萧木也不想再回去。

前途茫茫。萧木一声长叹。

萧木倒在宾馆那张简易沙发上，脑子里乱哄哄的。她不知道自己接下来该怎么办，不知道人生还有何意义。阅读和写作，原本是人生最强有力的支持，但如今带给萧木的却是彷徨和迷茫。她总是想起胖女孩和尖下巴的对话，她们的轻蔑就像一根鞭子抽在萧木身上。

在这样一个失落的夜晚，萧木再一次给张古龙打电话。可是，她得到的信息让自己陷入绝望。张古龙在电话里明确地告诉萧木，他不会出版《世界尽头的奇妙之旅》和《在地狱里唱歌跳舞》。萧木呆愣片刻，怀疑自己听错了。张古龙的语气不再像以前那样温暖，他把以前时刻都挂在嘴边的承诺抛到九霄云外。半晌，她问为什么不能出版。张古龙给出的答案让萧木恼羞成怒。他说她的作品还不够成熟，达不到出版要求。萧木苦笑一声，冰冷地质问："可是，当初是你说觉得我才华横溢，并说两部小说绝对比那些当红作家都写得好。"

张古龙不说话。

"你说需要修改，我就按照你和希亚的意见修改。"萧木的情绪变得暴躁起来，"修改后的作品，你也认可了。现在，你又说达不到出版要求。你是在耍我吗？"

张古龙哑口无言。

"我想问你，你让我写《夜天使》，是不是故意设置的圈套？"萧木咆哮着，"为了让我陷害素不相识的赵雅丽教授？"

张古龙继续沉默。

"我还想问你，当初你承诺出版我的作品，是不是只是为了把我骗上床？"萧木哭了，"你告诉我是不是啊？"

张古龙终于说话了，只有冰冷的两个字："不是。"

"那你告诉我，既然我的作品达不到出版要求，为什么还要与我上床？"萧木声嘶力竭，"你不是骗我是什么？"

"你情我愿。"张古龙冷冷地说，"当初，我可没有强行把你往床上拖。"

"你这个王八蛋。"萧木的嗓子破了，"你是个大骗子。"

电话被张古龙挂断。

萧木听着"嘀嘀嘀"的声音，浑身瘫软倒在地上，手机从手中滑落。她倒在冰凉的地板上，仿佛被人抽走了脊髓。看着陈旧的天花板上那盏昏黄的灯，萧木忍不住号啕大哭。她预想到出版过程中会遇到诸多困难，但没想到张古龙从头至尾都在戏耍自己。

撕心裂肺的哭泣消耗了萧木的精力。好半天，她才缓缓捡起手机，再次给张古龙打电话。萧木无法相信自己遭受了一个巨大的骗局，无法相信这些时间里一直置身于陷阱。可是，张古龙的电话已经关机。萧木明白，记忆中那个温文尔雅的男人不想再听见自己的声音。她很气愤，但又无能为力。

整个晚上，萧木躺在床上昏昏沉沉，第二天起床第一件事情便是继续给张古龙打电话。可是，这一次她彻底绝望了。电话里传来一个女人甜美的声音，她说："您拨打的电话号码是空号。"

昨天晚上是关机，今天早上是空号。萧木如梦初醒，张古龙铁了心要切断与自己的一切联系。此刻，她也彻底明白，张古龙从一开始就在欺骗自己。他编织的花言巧语不过是迷幻剂，目的是俘获萧木的身体，以及让她充当陷害赵雅丽的刽子手。这样的醒悟来得太迟，萧木的心情跌入冰窖，在天寒地冻里快要窒息而亡。

萧木失去了生活的勇气。

命运的戏谑和残酷，让萧木不想苟存于世。这天，萧木像条游魂一样，在巴城的大小街巷穿梭。她走过一条条大街穿过一条条巷子，从上午到下午，从傍晚到深夜，当她重新回到宾馆时，全然不记得自己到过哪些地方看过什么事物。这些年的经历，就像一场漫长的噩梦。萧木关掉房间里所有的灯，把自己丢入一片黑暗的海洋。她的思绪在漫无边际的黑暗中飘荡，找不到出口和方向。寒冷的气息包围着萧木，她身体僵硬、麻木。

整个世界一片死寂。

萧木挣扎着站起来，她想利用最后一点力气结束自己的生命。她颤巍巍地来到窗前，吃力地打开窗户并爬上去。现在她身处二十二楼的高空，离地面的距离大约为一百米。萧木想象着飞翔而下的情景，想象着夜风拂过身体吹进耳朵时的感受。她期待那个时刻的到来，幻想着随风飘逝后的轻松。坐在窗台上，萧木双脚摇晃、眼神迷离。

看着深邃的夜空，萧木突然想起肖海波。这个蓦然而至的念想，神奇般地给她的身体注入一股力量。萧木和肖海波在一起的时间非常短暂，美好的时光转瞬即逝。当年，他们连一张合影都没有留下，只有牵手和依偎时的余温还在心底流淌。这个心情跌入绝望谷底的夜晚，萧木想象着肖海波的模样，当年那个青涩的男生现在变成什么样子了？想象让肖海波在萧木心中的印象越来越模糊，同时也让她重拾必须找到肖海波的愿望。

这天晚上，萧木坐在巴城某个宾馆二十二楼的窗台上，隐隐觉得自己能够找到魂牵梦萦的爱人。她甚至感觉到，肖海波就在离自己不远的地方。这是一种奇妙的感觉。萧木小心翼翼地离开窗台，躺在床上心里怦怦直跳，为自己刚才的鲁莽行为感到后怕。如果不是肖海波突然跃入脑海，她可能已经血肉模糊地躺在灰色的水泥地上了。

萧木用被子死死地蒙住脑袋，哭了一个通宵。第二天早上，看着窗外明亮的阳光，她决定振作起来。萧木不但要找到肖海波，还要找到赵雅丽。她要与最爱的人过平静的生活，她要把张古龙利用自己陷害赵雅丽的事情捅出来，给自己和赵雅丽一个清白。

# 3

尽管伤痕累累，但萧木决定依然要倔强地活在这个世界。她不再执着于小说的出版，而是寻求阅读和创作的快乐；她不再沉溺于出名的幻想，而是只想与肖海波重逢。历经坎坷后，萧木恍然大悟，胖女孩和尖下巴的嘲笑是一个陷阱，让自己越陷越深。当一件事情让你坠入绝望的深渊后，你才能知道怎样爬起来并从中获得快乐。现在，她终于明白：放下出版作品的包袱，沉迷于阅读和写作中才是人生最大的快乐。

萧木租了房子，重新安顿下来。她找了一份新的工作，在一个服装店卖衣服。老板姓李，萧木亲切地叫她李姐。李姐是个四十开外的单身女人，和蔼、平易，独自带着读初中的儿子。除了早晚接送孩子上学，李姐平常都在店里。没过多久，两人便熟络起来，交流从工作到生活，以及社会的方方面面。李姐轻声细语地对萧木讲她的婚姻与生活，萧木慢声慢调地向李姐说自己的漂泊与坎坷。萍水相逢的两个女人，并没有因为年龄差距而产生代沟，反而成为知心朋友。

　　来巴城大半年后，萧木才找到一丝丝温情。在李姐的服装店里，她感觉到温暖、踏实和平静。慢慢地，萧木从绝望的情绪中挣脱开来。她继续中断已久的阅读和创作。那段时间，萧木从书店里买了很多经典名著，如饥似渴地恶补。每读完一部，她都认真写下读书笔记。这为她后来的创作，做了良好的铺垫。一个月后，萧木开始提笔重新创作。她的新作名叫"单身女人"，原型就是自己的老板李姐。小说写得非常顺利，萧木的第一部中篇小说只用了二十天便完稿。

　　转眼已是秋天，服装店门口那棵梧桐树的叶子开始泛黄，偶尔会有几片树叶晃晃悠悠地落下。那天下午，服装店里很冷清，几个小时都没有一个顾客光临。萧木坐在门口的凳子上，望着湛蓝的天空发呆。她回想起这段时间充实、淡然的生活，庆幸自己能够从绝望的谷底走出来。但是，这个世界上陷入绝望的人或许还有很多，他们是否能像自己这样幸运地重获生活的勇气呢？萧木想起偶尔玩过的微博，陌生人之间通过网络交流和倾诉。她突发奇想，希望通过微博与那些在绝望中挣扎的人取得联系，为他们排忧解难。她不知道自己是否有能力做好这件事，不知道自己的努力是否能给灰色的天空增添一抹色彩。但是，她有种强烈的冲动，必须要做这件事情。

"绝望收藏室"在那个秋天的某个深夜诞生，萧木坐在出租屋简陋的桌子上，开始做这件对她和很多人来说非常有意义的事。从那以后，上班、阅读、写作，以及为每一个绝望的人送去关怀，填充了她的每一天。她用一个个温暖的文字，一句句暖心的话语，与散落在天涯海角的陌生人成为无话不谈的朋友。

深冬时节，当萧木开始创作人生第一部短篇小说《救赎》时，她在"绝望收藏室"里遇见了人生中最重要的人。当她看到"肖海波"三个字时，浑身战栗、心潮澎湃，剧烈跳动的心脏快要冲破心房。她滑动鼠标，反复阅读来信的内容。从他讲述的故事中，她确定这个名叫肖海波的求助者，就是自己失散多年的初恋情人。

萧木知道这串阿拉伯数字对自己何其重要。她看着电话号码，立即拿出手机，但当十一个数字出现在手机屏幕上时，她又放弃了。萧木并非不想给苦苦思念的爱人打电话，她是不知道此刻该对失去联系多年的肖海波说些什么。

这个冬夜是萧木最近几个月里唯一一个失眠的夜晚，她无论怎么努力都不能闭上眼睛沉入梦乡。她辗转反侧，心里想着明天怎样给肖海波打电话，想象着当电话接通的那一瞬间，两人到底会有何反应，应该爽朗大笑还是抱头痛哭？这样的猜测和想象，犹如一支兴奋剂，让大脑的每一个细胞都翻腾着、跳跃着。不知不觉，思绪又回到肖海波那封求助信上。想到肖海波这些年的生活与经历，她忍不住又哭起来。萧木把脑袋深深地埋在被窝里，泪水在呜咽中肆无忌惮地流淌。

第二天是星期六，李姐陪生病的儿子去了医院，服装店的生意让萧木忙得团团转。平常店里十分冷清，每到周末便人潮涌动。下午五点，李姐才回来。看见萧木脸色惨白、一副心神不宁的样子，以为她生病了，便对她说："你先回家休息吧。"

萧木木讷地点点头，离开了服装店。她没有生病，只是想给肖海波打电话却找不到闲下来的机会，心中备感焦灼。

离开服装店没走几步，萧木便拿出手机给肖海波打电话。那时候，肖海波刚从城里打工回到乡下，手机信息不好。所以，萧木第一次拨打时提示暂时无法接通，第二次拨打时依然如此。她焦急、忐忑，怀疑是自己记错了电话号码。在凛冽的风中，萧木一边拨打电话一边往家跑，她要到电脑里查看邮件确认电话号码是否正确。

萧木"噌噌噌"地上楼，钥匙刚插进锁里时，电话终于接通。她立即慌张起来，不知道是该开门进屋还是该把钥匙拔出来。听到第一句话时，萧木就哇哇大哭起来，身体瘫软地倒在门边。手机里传来的除了肖海波疲惫又沙哑的声音外，还有呼呼的风声。萧木知道，家乡每到冬天，呼呼的大风总是刮个不停。

"你好，请问你是谁？"

"你是肖海波吗？"

"我是。你是谁呀？"

"我是王小倩。"

萧木靠在巴城出租屋的门上，肖海波站在家乡的山腰上，这对失散五年的恋人放声大哭。很长一段时间里，他们什么都没有说，就那么稀里哗啦地哭着。哭声与风声交织在一起，所有的悲伤都在这一刻尽情地释放。

"你现在哪儿？"

"在巴城。你呢？"

"我在老家。我来找你，好吗？"

"好。"

好半天，萧木才晃晃悠悠地进了屋。此刻，她真的像个病人，身体忽冷忽热，时而软弱无力时而浑身是劲。在那张简易沙发上呆坐半晌后，她开始在屋子里忙碌起来。萧木要把满目狼藉的房间打扫得干干净净，温馨得就像结婚的新房。

晚上，萧木和肖海波又通了几次电话。现在，他们不再哭泣，除了商量肖海波来巴城的细节，就是永远也说不完的甜言蜜语。他们都不忍心挂断电话，最后一次通话结束时，肖海波要萧木先挂电话，萧木要肖海波先挂，结果两人你推我往，直到十多分钟后才结束。放下电话一会儿，萧木又拿起手机，想听听肖海波是否还在说话。

第二天天还没亮，肖海波就启身前往八百公里之外的巴城。他第一次听说巴城，却对这个陌生的城市充满无限向往。从汽车到火车，晃晃悠悠、停停走走。肖海波恨不得有一双翅膀，立即飞到爱人的身边。他激动、焦急，内心有种说不出的感觉。一路上，两人电话不断。每隔几分钟，萧木就会给肖海波打电话，询问他此时此刻身在何处。

得知肖海波第二天就到巴城后，萧木当晚就向李姐请了假。她曾给李姐提起过那段尘封五年的爱情，以及那个不知下落的爱人。

李姐为萧木与肖海波的重逢感到高兴，不但欣然同意请假，而且准备设宴款待肖海波，庆祝他们这段失而复得的感情。

肖海波在飞驰的火车上。

李姐忙着联系晚上吃饭的地方。

萧木兴高采烈地收拾打扮，她要给肖海波一个最美的自己。

同一个时间，不同的地点，三个人为一段历经沧桑的爱情而忙碌。

肖海波的车下午五点才到巴城，萧木三点就到了车站。车站不大、嘈杂、拥挤。年关将至，奔波在外的人都蜂拥地回到巴城与亲人团聚。这是萧木第二次来火车站，一切仍旧显得那样陌生。萧木看着一张张疲惫而又充满喜悦的脸，急匆匆地从眼前走过，他们的身影和脚步，传递着归家的热切。

萧木做了一块牌子，上面写着：接肖海波。

等待的两个小时里，萧木的眼睛隔几分钟就会看一眼出站口上面的电子显示屏。肖海波所乘坐的列车，到站的时间从两个小时变成一个半小时，从一个半小时变成一个小时。然后是四十分钟，三十分钟，二十分钟……肖海波离巴城越来越近，萧木的心跳就越来越快。她在出站口前面那个不大的广场上来回踱着步子，一刻也无法安静下来。

最后十分钟时，显示屏上的提示不再更新。但是，十分钟慢慢地走过。十分钟后，车站里一股人流涌出来。萧木高举牌子，睁大眼睛，脑袋像个探头一样东张西望，在人潮中寻找记忆中那个清瘦的男孩。但是，随着最后一个人走出车站，执勤人员关上站门后，肖海波依然没有出现。"哐当"的关门声，让萧木的脑袋空空荡荡。

萧木相信肖海波不会爽约，便立即给他打电话，结果却是列车停在车站不远的地方排队进站。她悬着的心终于放下，重新进入等待的状态。萧木不再坐立不安，她倚着那个生锈的栏杆，眼巴巴地等待出站口那扇大门打开。

五点十五分，肖海波所乘的列车终于到站。萧木向门口挤了挤，希望站在最显眼的位置。五年不见，她不确定自己是否一眼就能认出肖海波。几分钟后，陆陆续续有人走出来。萧木仔细看着每个人的脸，没有发现肖海波。接着，一大拨人流涌出来。萧木有些慌乱，人太多了，她无法第一时间看见日思夜想的那个人。

五点二十七分，萧木与肖海波在巴城的火车站重逢。当她看着他在人潮中迎面走来时，眼泪扑簌簌地掉下来。

在萧木眼里，肖海波还是那样清瘦、腼腆。他站在她面前，眼神时不时地瞟一下她手中的牌子；在肖海波眼里，萧木还是那样单纯、可爱。她站在他面前，眼神在他全身上下游弋，在眼前这个男人身上寻找曾经那个乡村男孩的影子。

半晌，萧木和肖海波不约而同地向前跨步，忘情地拥抱。

出站口人流涌动，五年后的重逢让这对年轻人对周围的环境视若无睹，拥抱在一起久久不愿分开。背着行囊的人们，急切地从他们身边走过。穿行的人群中，没有人知道萧木和肖海波的故事。

巴城又多了一对情侣。

重逢的激情慢慢消退，取而代之的是甜美的日常生活。他们一起逛街、吃饭，一起在巴城边上那条小河边散步。在一起的几个月里，他们总是没日没夜地倾诉。两个人都恨不得把自己经历的无数个日日夜夜全部说给对方，让思念、愧疚和自责，在对方的心里汇聚成一股河流。当萧木躺在肖海波的怀里，把自己在蜀城的遭遇说给他听后，她对他说："我想找到赵雅丽教授。"

"因为躲避她，你才到巴城来，现在又要找她？"

"当初选择逃离，是不想因为这件事影响《世界尽头的奇妙之旅》和《在地狱里唱歌跳舞》的出版。现在，这两本不能出版了，我不需要再为那个虚伪的人背黑锅。我要找到赵雅丽教授，把张古龙虚伪的面具揭开。"

"你不担心张古龙找我们麻烦？"

"就算他把刀架在我的脖子上，我也要把这个王八蛋的丑陋面目公之于众。"

"我觉得没有必要，我们就在巴城安静地生活吧。"

"我们的日子是安静了，可是赵雅丽教授却无辜受到伤害，她能安静地生活吗？"

"可是，你觉得赵教授会相信你？"

"只要我把事情的真相坦诚相告，她一定会相信。"

肖海波拗不过萧木，便答应了。经历那么多事情后，他不想再次失去她。只要萧木愿意做的事，他都无怨无悔。

萧木一直牢记赵雅丽的电话，只是它在自己手机里属于黑名单。萧木把赵雅丽从黑名单里拉出来，并给她打电话。可是，让萧木和肖海波意想不到的是，这个号码已经是空号。

"您所拨打的电话是空号。"萧木想起几个月前给张古龙打电话时的情形，这句话是那样熟悉而冰冷，就像一把锋利的刀掏空了她的心。

张古龙和赵雅丽，都彻底从萧木的生命中消失了。

"我还是要回蜀城，我一定要找到她。"

"电话号码都没有了，你怎么找？"

"我知道她教书的那所大学。"

"找学校？"

"先回去再说，到时候总会有办法。"

"你真的不担心张古龙吗？"

两人都不说话。

"如果我想个办法，让张古龙相信我已经不在这个世界了呢？"半晌，萧木幽幽地说，"他就不知道我悄悄地返回蜀城了。"

"什么办法？"肖海波一头雾水，"你是说让他相信你死了？"

萧木点了点头。

"这个世界每天都会死那么多人，张古龙怎样才能知道你已经死了？"

"我想把自杀过程记录下来，然后发在微博上。我相信通过网络的传播，张古龙一定会知道的。"

"如果被他识破了呢？"

"所以我们要想办法，尽量做到毫无破绽。"

肖海波满脸疑惑："怎样才能做到任何人看不出破绽？"

萧木沉默了。半晌，她说："真的自杀，用刀片划破血管。"

"你在说什么？你疯了吗？"肖海波跳起来，"我们是想通过这种方式瞒过张古龙，没有必要以身试险。"

"只有事实的真相不会撒谎。"

"如果有生命危险，代价就太大了。"

"这是我唯一能想到的办法。你有更好的方法吗？"

肖海波木讷地站着，缓慢地摇头。两人都不说话，气氛紧张得令人窒息。片刻后，肖海波说："我们放弃这个计划，就留在巴城好好过日子吧。"

"不。"萧木斩钉截铁地说，"如果坏人得不到惩罚，如果好人得不到安慰，这个世界就没有天理了。"

"可以等一段时间，等我们想到更好的方法再说。"

"我现在每一天内心都不得安宁。这件事情因我而起，也应该由我来了结。只有这样，我才能真正从绝望中走出来。"

两人再一次陷入沉默。大约两三分钟后，肖海波终于点头："既然如此，那就这么办吧。"

萧木和肖海波开始了漫长、仔细的准备，每一个细节都做到精心考虑。在他们的计划里，写"遗书"、买刀片，以及邮件和微博发布的时间，每一个步骤都精益求精。根据安排，萧木负责写"遗书"，其他的都交给肖海波。

时间很紧迫，"自杀"就安排在第二天晚上。傍晚时分，肖海波出去了。萧木独自坐在促狭而幽暗的出租屋里，构思着"遗书"。她坐在电脑前，这些年的经历如乌云般涌过来，严严实实地将她包围。那些暗黑而悠长的岁月，那些心酸与坎坷，仿佛是一种幽灵般的呼唤，重新唤起了萧木内心的悲伤和绝望。她感觉自己的脊髓都被抽走了，趴在桌子上号啕大哭起来。

十来分钟后，萧木的哭泣慢慢停止，泪痕逐渐被黄昏清凉的风吹干。她长长地出了一口气，打开电脑一字一句地写下这封简短的"遗书"。

萧木在"遗书"中写道："如果看不到光芒，我甘愿被黑暗吞噬。我选择离开，因为这是我最好的归宿和最后的救赎。那些我爱的人和爱我的人、被我伤害和伤害我的人，希望在我闭上眼睛的那一刻，彼此祝福和谅解。晚安，所有卑微的生命。"

写完"遗书"后，萧木给肖海波写了一封邮件，并附上自己的微博账号和密码。在邮件中，萧木这样说："你是我最值得信任的朋友，在我走投无路并即将告别这个世界时，我想请你帮我一个忙，完成我最后的心愿。我把这封遗书和这段视频发给你，请你在我生命结束后，把它发在我的微博上。这是我向这个世界最后的告别，这是我作为一个作家留在世上最后的文字。我是个真诚而坦荡的人，即便是面对死亡。我不想死，但我在绝望中无法自拔。我希望人们原谅我的懦弱，我希望所有人都有一个美好的未来，尽管现实十分艰难。谢谢你！祝福你！"

无论是"遗书"还是给肖海波的邮件，萧木都是一气呵成，写完后并未多看甚至修改。

肖海波气喘吁吁地回来，进门后把一盒刀片放在桌子上。刀片的旁边是酒精、血袋、绷带以及止血的药。这是完成一场"自杀"必须用到的东西。萧木望着肖海波，没有说话。她起身来到桌子前，慢悠悠地从盒子里取出刀片。屋子里开着灯，在白色灯光的照射下，刀片散发出寒冷的光芒。萧木的眼神始终集中在凌厉的刀锋上，一脸茫然。

突然，肖海波绕过桌子冲到萧木面前，一把把她搂在怀里。呆愣片刻，萧木手中的刀片掉落在桌子上。两人紧紧地拥抱在一起。他们没有亲吻，没有说话，就这么安静地抱着。时间在两人微微的颤抖中流失，仿佛这真的是他们在这个世界最后的时刻。

一顿简单而沉默的晚餐后，"自杀"正式开始。

萧木先打开邮箱，输入肖海波的邮箱地址，把"遗书"和给肖海波的邮件内容放进邮箱里。"遗书"采用附件的方式发送，邮件内容则贴在对话框里。然后调试好摄像头的角度，让摄像头能够清楚记录自杀的每一个过程和步骤。整个过程，萧木从容不迫、有条不紊。肖海波安静地站在旁边，看着心爱的人独自忙碌。好几次，他想前去帮忙，但是双脚无论怎么用力都挪不动半步。

"视频时间多长合适？"萧木回头看着肖海波，"这个必须算好。"

"两分钟吧。"肖海波的声音很微弱，"如果时间太长，影响我及时救护你。"

"两分钟太短吧，别人会不会相信？"

"这么锋利的刀片滑下去，两分钟够你受了。"肖海波说着，给她拿过血袋，"把血袋藏在衣袖中，你割腕的时候注意点，下手不要太重，只要让人看出血是从你手腕处流出的就好，这个血袋上已经做了手脚，只要稍微有点压力，里面的血就会细细流出，和你的血混在一起。五分钟，坚持五分钟。我算过了，以血袋的流血速度，五分钟流出的血量绝对会超过 800 毫升，这已经达到了正常人失血休克的临界值。五分钟后，邮件一发送，我马上救你。"

"我必须让看到的人以为我真的死了。"

"那你早点儿假装咽气倒下去吧。"

肖海波想以轻松的口气缓和凝重的气氛，但是看起来没有效果。

邮件发送时间设定为晚上七点四十五分，视频录制从七点四十分开始。

灯光让萧木的脸色看上去有些苍白，这正好符合了人在失血时的面色状况。七点三十九分时，萧木穿着花格子衬衫，捏着刀片，来到摄像头正对着的墙角坐下来。时间一分一秒地过去，萧木的眼神不断地在肖海波和自己的左手腕之间穿梭。肖海波侧着身子看着电脑屏幕，他不打算瞅一眼萧木。他没有勇气看，也不忍心看。他必须盯着电脑屏幕，严格看着电脑邮件的状况，只要视频录好发送出去后，他就要马上救治萧木。当然，如果萧木割得太深，危及生命的话，他会不顾一切先救萧木。

最后五秒钟倒计时开始，肖海波比画着手指向萧木传递着开始的时间。当他最后一根手指收起来时，五根手指紧紧地握成一个悲痛而无助的拳头。萧木按下了录制键，退到墙角，以便摄像头能照清自己周围的环境和自己割腕的动作。她用刀片划开了自己腕上的血脉，鲜血汩汩而出，逐渐染红腕部和周围的衣服，随着她胳膊与地面的接触，肖海波明显感觉到血袋已经破了。血袋中的血与萧木的血混合在一起，在地板上洇出越来越大的殷红。

肖海波留神看着，萧木的脸色虽然因为流血而渐渐苍白起来，但是从她手腕的伤口上流出的血量其实并不多，大多是血袋中的血。肖海波站得近，看得分明，而摄像头里却丝毫分辨不出来。

一分钟，两分钟，三分钟，四分钟。

时间慢慢过去，过得异常艰难。

从开始的那一秒钟，肖海波就急切地等待结束的那一刻。五分钟里，肖海波尽力不眨一下眼睛。他不想多持续一秒钟，那意味着萧木将承受多一秒钟的痛苦。

再次等来五秒钟倒计时。

肖海波的拳头松开，五根手指僵硬地往里收。当最后一根手指全部集中在掌心时，他大气长出。但是，他并没有立即转身。肖海波必须确定邮件发送成功才能离开，他担心因为任何一丁点儿的差错导致这次行动前功尽弃。当他确定邮件发送成功时，才猛然转身冲向倒在地上还没起来的萧木。

即便肖海波再三要求，萧木也不想去医院。去医院就意味着一切都有可能暴露，筹划了这么长时间，绝不能因为最后的疏忽而功亏一篑。萧木告诉肖海波自己能挺过来。无奈之下，肖海波只能临时抱佛脚，为萧木处理伤口。一番忙碌下来，已是晚上八点三十三分。萧木像一朵枯萎的蔷薇，双目微闭地躺在床上。肖海波来到床前，注视着萧木。良久，他关掉电灯，挨着她躺在如水般的夜色里。

当晚，肖海波在休息之前查收了邮件。第二天，他登录萧木的微博，按照之前的计划，他把萧木的"自杀"视频、"临终遗言"以及发给他的邮件全部发到了微博上，并说自己无论如何都已经联系不到萧木，为了完成萧木的遗愿，他只能按照萧木所说的，将这一切公之于众。当他看到发送成功后，立即退出微博关掉电脑。他知道张古龙关注了萧木的微博账号，相信他一定会看到的。

从此以后，萧木再也没有用过这个微博账号。她不关心人们到底有什么反应，她只关心接下来要做的事情。

为了扩大影响，肖海波在一个论坛上注册了一个账号，将萧木微博中的"遗书"和视频，以及从视频中截的图全部转发。他希望通过这种方式引起更多讨论，以此加快消息的传播速度，让张古龙更加确信萧木已经死亡。

为了做到让全世界的人都相信，萧木和肖海波对谁都没有透露真相，包括对李姐也没有。当肖海波告诉她萧木已经"死"了并要辞别巴城时，她拉着他的手忍不住哭起来。末了，她说："你都来陪她了，她怎么又走了呢？"

肖海波不知如何回答，只有假装哽咽说不出话来。

萧木和肖海波告别巴城，小心翼翼地回到蜀城。

## 4

坐在"回归"书店里，肖海波叹着气告诉我，回到蜀城后他们来到赵雅丽所在的大学，却得到了一个不好的消息。因为《夜天使》带来的风波，赵雅丽教授迫于压力辞职了，没有人知道她现在在哪里。三年来，萧木和肖海波一直都在寻找赵雅丽。所有方法他们都尝试了，但是，直到现在也没有找到她。

这天晚上，肖海波与我分别时说："如果将来您有机会见到赵教授，请您务必转告她，《夜天使》是萧木写的，但萧木从未想过要伤害她。可以吗？"

"我会的。"

"谢谢！"

与肖海波握手告别，我们约定了下次见面的时间。他送我到文化路 215 号附近的路口，站在那里一直看着我，直到我走到街的尽头才转身回去。我走在午夜的街头，文化路、一环路、幸福大街、槐树巷，这些熟悉的街道和巷子交织成一幅奇妙的图案。其实，我与萧木、肖海波生活的地方很近。曾经，我们彼此不熟悉；现在，我们拥有短暂的交集；将来，我们会有着千丝万缕的关联。

凌晨时分，夜色苍茫。

我站在幸福巷口望着家的方向，窗口散发出朦胧的光芒。每次在傍晚时分出门，我都会事先把家里的灯全部打开。天色越黑，微弱的光芒便会越亮，正如绝望越深，渺茫的希望就会愈加可贵。我在破落的生活中无所寄，在漆黑的夜晚拖着疲惫的身体倦鸟归巢时，那些灯光恍若一支支注射进狂躁病人身体内的镇定剂，它们照进我的心里，让我平和，让我安静，也让我生出无穷的力量。

# 第八章 灯塔

## 1

　　一个星期后，我和肖海波又见面了。还是在"回归"书店，还是一杯竹叶青，只不过时间由晚上变成了白天。这天上午，我们谈妥了书店经营权转让的事。其实，这不是一次商业谈判，他早已把手续全部准备好，我仅仅是在协议书上签上自己的名字而已。从这一刻开始，"回归"书店正式为我拥有。肖海波说："书店交给您也好，我和萧木都觉得只有您才能把它经营好。"

　　"我只是临危受命，不想让你们苦心经营的书店倒闭。"

　　"大作家的书店，我想会很受欢迎。"

　　"即便无人光顾，只要我还活在这个世界，你们的书店就会活着。"

　　一阵沉默。

　　"你们要去哪里？"我想必须打破沉默，"都准备好了吗？"

　　"云南。"肖海波声音低沉，"萧木说不去大理就去丽江。"

我"哦"了一声，陷入沉思。

"墨非先生去过云南吗？"

"到云南后打算做什么？"我没有听清他刚才说的什么，"我们总要面对现实，生存是第一要务。"

"有一些规划，但都还没有定下来，人生就是走一步看一步。"

"路是用脚走出来的。"

"我和萧木商量好了，先找份工作安顿下来，将来看机会做点什么。不过，她说她这辈子一定会坚持写作，永不放弃。"

"我就守着这家书店，我想这是我现在最想做的事。"

"希望您接下这家书店，不仅是为了帮助萧木，而且也是真心喜欢它。如果有一天您不喜欢了，就放弃吧。我们不能把您不喜欢的事情塞给您，否则我们良心不安。"

我本来还想表达一下自己真的喜欢"回归"书店，可一时半会儿找不到合适的词语，总不至于举手发誓吧。我只是神情凝重地对他点点头，然后说："你们就安心地在云南好好生活吧。无论眼前有多少困难，我想一切都会好起来的。"

肖海波摇了摇头，离开了他和萧木苦心经营三年的书店。看着他消瘦的背影渐渐远去，我在心里祝福他和萧木。我知道，两天后他的身边还会出现一个女人的身影，他们将从此告别这个城市，去一个陌生的地方。肖海波在前面慢悠悠地走着，慢得像个刚刚学会走路的孩子。停顿片刻，我迈着小步跟上去，站在巷子口目送他穿过文化路朝一环路走去。几分钟后，他拦下一辆出租车，消失在我的视野。

从离开书店到坐上出租车，整个过程肖海波都没有回头，一次都没有。

我回到"回归"书店，坐在刚才的位置上，怅然若失。我不知道肖海波和萧木是否还会回到蜀城，我想即便回来也是多年以后了。那时候，我又在哪里？

书店里来了一位客人。那是个留长头发、穿花裙子的女孩，她坐在角落的桌子上安静地看书。我忙不迭地收拾桌子上的茶杯，路过她面前时，发现她看的是《不一样的烟火：张国荣音乐传奇》。我心里感到暖洋洋的，因为我是张国荣的歌迷。

收拾妥当后，我伫立在"回归"门口，望着不远处车水马龙的街道，思考着如何经营这家书店。

半晌，我折身回到店内，那个女孩依然在安静地看书。我找来一支笔和一张纸，准备写个招聘启事。我需要一个帮手，因为接下来一段时间，我的主要精力是出版《世界尽头的奇妙之旅》和《在地狱里唱歌跳舞》。我必须把萧木的作品出版了，这两部小说值得人们阅读。

我写的招聘启事很简单，对于将来管理这家书店的人，我唯一的要求就是爱书。

招聘启事贴在书店门口。

一个小时后，我便迎来了第一位应聘者。她就是刚刚在书店里安静看书的那位女孩，原本已经走出书店的她转身笑盈盈地问我："我可以面试吗？"

"当然可以。"

她来到我面前，坐在肖海波几个小时之前坐的位置。我们开始了一次愉快的交流。

女孩叫杨冉，二十五岁的她刚刚从一家外资企业辞职。她厌倦了马不停蹄地奔忙、日复一日地写文案、见客户。她想停下来歇一歇，给心灵放一次假。辞职三个月来，她读书、行走，过着没有目标和任务的生活。前不久，她在文化路口看见了隐藏在高楼大厦中的"回归"两个字。当时，她还不知道这是一家书店，仅仅是被店名吸引便走了进来。这里的安静、惬意，让她舍不得离开。她喜欢书店的名字和这里的环境，真正让她回归到生命的本位。从外企忙碌的工作中回归到慢悠悠的生活，杨冉终于找到了自我。从此以后，只要人在蜀城，她每天都会到这里，点一杯柠檬水，读一本书。

"你说了这么多，我还没有介绍自己呢。"我笑了笑，"我刚刚接手这家书店，所以想找个人帮我管理。"

"你不用介绍，我认识你，墨非先生。"杨冉抿了一口柠檬水，"我几乎读完了你所有的作品。"

我目瞪口呆，无法相信眼前这个女孩说的话。

"你第一次走进这家书店时，我也在店里看书。"她的笑容里充满得意，"从你们的谈话中，我意外得知你就是墨非，而且要接手这家书店。"

"你还知道什么？"我似笑非笑，真的担心她听到我谈论萧木的事。

"我仅仅是听到有人要接手书店，而且这个人就是大名鼎鼎的墨非先生。"她收起笑容，一脸严肃。

"其实，我们也没有谈起别的事情。"我有些做贼心虚，所以故作轻松，"如果你愿意到书店工作，就说说你对待遇的要求吧。"

　　"没有要求。"她脸上立即又露出俏皮的笑容，"这份工作对我来说是兴趣所致，而不是金钱的诱惑。我想你即便是给我再高工资，也不会高过我之前在外企的待遇。"

　　我们用了半个小时谈论这份工作，这是老板与员工的对话。然后，我们用了更长的时间交流阅读和生活、人生与理想。我喜欢杨冉简单、自然的生活原则，就像她纯净的眼眸和清甜的笑容。

　　"回归"书店从此多了一位对书充满敬意的守护者。

　　自从把书店交给杨冉后，我自己几乎很少打理，只是隔三岔五地到店里看看。那段时间，我忙着筹备出版《世界尽头的奇妙之旅》和《在地狱里唱歌跳舞》。但是，我每次到书店，都发现杨冉在摆弄数量并不多的图书。她不断地调整图书的位置，什么书适合放在什么地方，哪些书适合放在一起，她都非常考究。我伫立在门口，发现她在对手里的书悄悄说话。

　　有一天，我问杨冉："你为什么要不停地摆弄这些书？"

　　她的回答让我感到惊讶和羞愧。她说："每一本书都是有生命的，我在和它们交流。我告诉它们，你们应该出现在什么位置，你们应该与哪些书在一起。我想，那些气味相投的书放在一起，它们也会很开心。"

　　我微笑着。

　　"这样不好吗？"

　　"很好。"我说，"真的很好。"

212

# 2

　　我对《世界尽头的奇妙之旅》和《在地狱里唱歌跳舞》倾注了全部的精力。大到联系出版公司和挑选策划编辑，小到封面设计和纸张的选择，我都亲力亲为。这两本书的营销策划是我和出版公司的营销团队亲自做的，从市场定位到宣传策略，我都全程把关。我还写了一篇名为"被时代遗忘的萧木"的序言，这篇两千八百三十二个字的序言耗费了我整整一个星期，修改了好几遍才定稿。我认为这篇序言比《寻找萧木》更深刻，更能让人全面地认识萧木的作品。

　　在《被时代遗忘的萧木》中，我这样写道："我们记住了娱乐至上的网络文学写手，我们记住了某些道貌岸然的所谓文学名家。但是，还有很多优秀的文学作品被浅薄的目光忽视、被浮躁的时代遗忘。如果我们的文学充斥着段子手和虚伪者，这不仅是文学的悲哀，更是时代的悲哀。十年前，我被称为'这个时代的发现'。现在，我想说的是，萧木才是这个时代最重大的发现。"

　　萧木的书上市之前，我特地去了一趟印厂。这是我第一次去印厂，我自己出版过这么多作品，每一本交稿之后便不理不问。但是，萧木的书我要确保每一个流程都不出问题。在印厂里，我看到刚刚印好的《世界尽头的奇妙之旅》和《在地狱里唱歌跳舞》整齐地摆放着，它们散发着墨香，它们等待着读者的检阅。我如释重负，想象着它们出现在书店里和读者捧在手里阅读的情形。我随手拿起一本，翻看自己所写的序言。最后一句赫然出现在眼前："只有这样的文字，才配得上这个时代。"

我想给萧木打个电话，却想起她的电话号码已经换了。虽然他们没有及时告诉我新的联系方式，但我想总有一天他们会给我打电话。

一个星期后，萧木的两部作品开始发往全国各地的书店。紧接着，我开始着手后期的宣传。我精心挑选了几十家媒体，把《世界尽头的奇妙之旅》和《在地狱里唱歌跳舞》送给熟悉的编辑。几天之后，我陆续收到编辑们的反馈，他们无一例外地高度赞扬这两部作品。得到传媒界人士的肯定让我非常高兴。我不奢望这本书有太大的销量，只要获得读者的认可便是最好的安慰。

各种报道和评论纷纷见诸报端，两本精致的小说呈现在各个书店里。"回归"书店当然不能没有，它们摆放在最好的位置。上市十来天后，"回归"书店里的一百多本全部卖完。这给了我极大的鼓励，立即从出版社订购了第二批。我到蜀城其他的书店看了看，销量都非常好，大部分都进入销售排行榜前十位。

我和出版社都没有想到《世界尽头的奇妙之旅》和《在地狱里唱歌跳舞》会受到如此大的欢迎和反响，我们忙着加印和制订新的营销计划。出版社提出一个要求，希望我到各地签名售书。对此，我有些犹豫。签名售书应该是作者出面，可我只是这两部作品的幕后推手，签名售书未免有点不伦不类。但是，出版社坚持要这么做，并说是为了让萧木的作品得到更多的关注。最终，我答应了这个要求，因为我也想让更多人认识萧木。既然作者已经"死"了，负责处理"遗稿"的人代为宣传也是情理之中。不过，我把签名售书改成了演讲。我作为这两部小说的策划者，讲述《世界尽头的奇妙之旅》和《在地狱里唱歌跳舞》出版的台前幕后。

虽然我出版了几十部作品，但是从未在公开场合露过面。为了这次巡回演讲，我做了充足的准备。演讲稿修改了十多遍，一次次对着镜子练习演讲的语气和神态，特地买了新衣服、设计了新发型。总之，我要求自己以最好的状态开始这趟巡回演讲。

第一场演讲安排在"回归"书店，那是进入秋天后的第一个星期六。秋高气爽，阳光明媚。因为很多媒体都提前发布了消息，所以现场来了很多读者，整个书店被围得水泄不通。在人群中，我看见了很久没有见面的希亚，她表情严肃地坐在书店的角落里。那是我最喜欢坐的位置，我两次与肖海波见面都坐在那个隐蔽、安静的角落。

我被围在书店中间，面对一双双好奇的眼睛，向他们阐述《世界尽头的奇妙之旅》和《在地狱里唱歌跳舞》的精妙。这个过程大概持续了一个小时。接下来是记者自由提问，大家的踊跃让我有些惊讶。不过，让我感到失望的是，他们的问题都集中在我和萧木之间的故事上。至于这两部作品，他们没有太多兴趣。他们问我是怎样认识萧木的，他们想知道萧木是否真的死了。甚至，他们怀疑萧木根本就没死，只是让我出面帮她炒作。对于"炒作"这个说辞，我有些不高兴。我说："我只是负责操作这两本书的出版，而不负责炒作。"

记者们见我面露不悦，便不再多问。轮到读者提问时，现场便沉闷起来。对此，我并不感到意外。毕竟，大多数读者都还没有读完这两本书，不好就作品本身发表言论。这时候，一直安静地待在角落里的希亚站起来，清了清嗓子说："萧木是不是只写了这两本书？她还有没有其他作品？"

我不知道她为什么要这样问，但应该不是想着想运作萧木的下一部书。萧木与张古龙之间的恩怨，她比任何人都清楚。而且，现在希亚与张古龙已经没有任何瓜葛，她不再是那个流氓的情人。我是这样说的："到目前为止，我只发现了这两部作品，如果以后发现她还有尚未出版的作品，我会竭尽全力出版。"

其实，萧木还有一些中短篇小说，以及一部具有强烈自传色彩的书信体小说——《情书》。中短篇小说数量有限，结集成书不现实。《情书》是萧木根据写给肖海波的情书改编而成，通过男女主人公之间的一封封情书，勾勒出一段凄美的爱情故事。在他们分离的几年里，萧木每天给肖海波写一封情书，表达对他的思念。萧木后来告诉肖海波，她相信他能够感受到那些文字的力量，她相信这些文字能让肖海波重新回到她的身边。但是，萧木说这些文字只属于她和肖海波，永远不会让第三个人看见。

第一场演讲非常成功。

在出版社第三次加印后，我便开始全国巡回演讲。从秋天到冬天，我辗转于北京、上海、深圳、长沙、武汉等多个城市。萧木的成功让我感到喜悦和充实。离春节还有一个月时，我结束了二十多个城市的演讲。唯一的遗憾是，因为多种原因我没有去云南。无论是大理还是丽江，我都在积极联系，但终究没有合适的机会。

结束最后一场演讲回到蜀城的那个晚上，我坐在"回归"书店里与杨冉喝茶聊天。我给她讲每一次演讲的情形，她总是微笑着聆听，一句话都不说。

十点过一刻时，我接到一个来自大理的电话。我立即意识到这是萧木打来的，尽管那串电话号码非常陌生。

"知道这两部小说出版了，非常开心。您知道吗？我和肖海波为了庆祝这个时刻终于到来，喝了一个通宵的酒来庆祝。"

"你们在那边还好吧？"

"我们都有一份稳定的工作，自由自在，别无他求。"

"还写作吗？"

"这辈子，肖海波和写作，我都不会放弃。"

"争取早日读到你的新作。"

"写好后，我一定传给您。这段时间，真是辛苦您了，全国各地到处奔忙。"

"我原计划到你们生活的那个城市。我希望你能出现在现场，即便隐藏在人群中。"

"即便您没有来大理，但有几次我还是坐在台下看着您。"

"你说什么？"

"您在上海和长沙演讲时，我都坐在台下。"

"你怎么不给我打电话？"

"我命中注定要活在暗影里。不过，我觉得这样很好。"

我沉默片刻。然后，我说："这两本书的销量非常好，你把银行账号给我，改天我把版税打给你。"

"墨非老师，您替我东奔西走非常辛苦，版税我就不要了。只要这两本书顺利出版，我的心愿就算完成。"

　　"我出版你的小说，仅仅是想让更多人认识你的作品。所以，版税最终还是应该归你。"

　　这次，轮到萧木沉默了。半晌，她说："这样吧，版税暂时放在您那里。如果有一天我走投无路，您再给我救急，可以吗？"

　　"好吧。"

　　萧木的电话让我非常开心，几个月奔波带来的疲惫烟消云散。我和杨冉坐在书店里，轻松、惬意地聊天，根本没有意识到时间不知不觉已到凌晨。杨冉告诉我，自从做完演讲之后，到"回归"书店来的人越来越多。大多数人到书店后，都会询问墨非先生是否在书店里。她笑眯眯地说："墨非老师，他们都非常尊敬您，希望有机会与您交流。如果您要是有时间，就多到书店里坐坐吧。"

　　"我还有很多事情要做，还有很多书要写。"

　　"您完全可以到书店里写作啊！"

　　"长期驻店写作？"

　　"如果您愿意，当然可以呀！"

　　"歌手在酒吧里驻唱，那叫驻唱歌手。难道我要成为书店的驻店作家？"

　　"有什么不好吗？"

　　"你一个人负责一个书店，是不是很辛苦？"半晌，我说，"要不要增加一个人？"

　　"我喜欢书，所以一点也不觉得辛苦。"她说，"如果您能到书店里写作，偶尔与读者交流互动，我想书店的人气会更高。"

我笑了笑，没有反对。

两个星期后，我坐在"回归"书店里上网，发现微博里有一条未关注的人发来的信息。打开后，我才知道是"寻找萧木"发来的，上面写着："我知道萧木没有死，三年前那场自杀直播不过是她耍的手段而已。我劝她好自为之，不要有任何非分之想。否则，我会让她死无葬身之地。不过，即便她还有什么想法，也为时已晚。"

我知道张古龙还在担心萧木找到赵雅丽。他希望我把恐吓信转告给萧木。但是，希亚早就拆穿他就是"寻找萧木"这个微博的主人。前几天，希亚还告诉我，张古龙已经如愿当上院系的领导。我没有回信，而是把"寻找萧木"这个微博拉入黑名单，从此拒绝他的任何来信。无论是恐吓、挑衅，还是其他任何东西，我都懒得理会。


3


《世界尽头的奇妙之旅》和《在地狱里唱歌跳舞》的宣传活动慢慢减少，两部作品逐渐被读者认可，据出版社说每个月的销量都还不错，正式进入长销阶段。我非常欣慰，也为萧木感到骄傲。空闲的时候，我大部分时间都在"回归"书店，坐下来喝杯茶看几页书。每当我看着人们安静地坐在桌子上看书时，内心都十分感慨。我从心里感谢萧木和肖海波，他们把书店转让给我，继续为喜欢阅读的人提供栖息之地。

时间过得很快，转眼已是冬天。蜀城的冬季，阳光成为最奢侈的东西。天空总是灰蒙蒙的，雾霾和阴风就像约好似的，轮番在这个城市表演。今天雾霾锁城，明天阴风翻卷。我从柜子里拿出风衣，每次出门都把自己包裹得严严实实。这件风衣是若童给我买的，与希亚离婚之前从未穿过。这个阴冷的冬天，我又开始想念若童。如果她还在，我会把她介绍给萧木。或许，她能从萧木身上获得生存的智慧和勇气。可是，若童最终也没有走出绝望的泥潭。

一天晚上，当我疲倦地躺在沙发上看电视时，一则新闻紧紧地抓住了我的眼球。新闻里说，扫黄打非办最近查获了一起特大案件。镜头不断地切换，我还没有看清犯罪嫌疑人的真面目时，场景已经转换到堆放赃物的现场。那是一个巨大的仓库，里面凌乱地堆放着各种各样的出版物。主持人说："根据群众举报，蜀城扫黄打非办公室协调市公安局治安支队、市文化执法等部门，在蜀城成龙大道附近捣毁一印制和销售盗版图书的窝点，当场查获涉嫌盗版图书二十余万册，涉案金额高达二千余万元。目前，犯罪嫌疑人张某已被公安机关抓获。"

镜头再一次切换。

尽管犯罪嫌疑人的脸上打着马赛克，但我还是看清了主持人口中的张某就是张古龙。我感到十分惊讶，没想到刚刚当上院系领导的张古龙这么快就涉嫌犯罪而被捕。

面对突如其来的消息，我有些仓皇失措。张古龙一向狡猾，做事不留把柄，这次竟被逮着了，我心里莫名有些兴奋。电话响了，是希亚打来的。

"看电视了吗？"

"我已经很多天没有看电视了，刚好今天正在看。"

"张古龙被捕了。"

"罪有应得。"

"是的。"希亚停顿片刻，"我没想到他还干这种事。"

"真不知道还是假不知道？"自从离婚后，我与希亚的交流显得轻松多了，"张古龙干了多少龌龊事，你会不知道？如果你知道并参与，那就是从犯。"

"你想我坐牢？"

"这事儿不是我说了算。"

我和希亚突然都不说话了，对话中断。我相信希亚不知道张古龙背后干的肮脏之事，他们之间仅限于情感纠葛。狡诈的张古龙，也不可能让希亚知道那些事。我关掉电视机，躺在沙发上抽烟。

一支烟抽完，我迫不及待地拿出手机拨通了萧木的电话。电话响第二遍时，她才接通。她问："墨非老师，这么晚打电话有急事吗？"

"没事，就是想与你聊聊天。"

"您最近好吗？"

"很好，我已经决定做一名驻店作家了。"

"什么意思？"

"不定期坐在'回归'书店里，写作或者与读者交流。"

"听上去很新颖。"

"我要借助'回归'书店这个名字，回归到写作中来。"

"我非常期待老师的新作。"

"我与你商量个事。"我琢磨着该怎样对她说，"你还想不想回蜀城生活？"

"不想。"她说，"而且，现在也不方便回来。"

"张古龙被公安机关逮捕了。"我以为这个消息会让萧木十分兴奋。

没想到她只是淡淡地问道："他犯了什么事？"

"印制和销售盗版图书，而且涉案金额巨大，肯定会坐牢的。"

萧木没有接话，听筒里一片寂静。我隐约知道她此刻的内心感受，于是耐心地等着。半晌，她说："这个伪君子终于被撕下面具绳之以法了。"

"所有坏人都会受到惩罚。"

"可是，好人还没有得到安慰和补偿。"

我知道萧木在说赵雅丽，但目前我还没有找到她。不知道那个蒙受冤屈的教授，今天晚上是否看见张古龙的下场。不过，即便她看见了，内心也不会得到丝毫的安慰，因为她压根儿还不知道陷害她的是就是张古龙。

"如果想回蜀城，就回来吧。"我说，"我把'回归'书店还给你。你和肖海波，重新回归蜀城。"

"我们现在生活得很好，宁静而快乐。"萧木说，"我们两个就像蒲公英，风往哪里吹就在哪里生根发芽。"

"随遇而安。"

"知足常乐。"

"我想写一篇文章，把当年张古龙暗箱操作《夜天使》的事情公布出来。"萧木说，"我希望赵雅丽教授能够看见这篇文章，也希望能在世人面前还她一个清白。"

"写吧。"我明白萧木的意思，"好人应该得到补偿。"

一个星期后，萧木重新启用封存已久的微博，上传了这篇名为"《夜天使》背后的魔鬼"的文章。在文章中，萧木详细地讲述了张古龙如何引诱她创作这部作品，并偷梁换柱更改主人公的名字、以及让赵雅丽教授卷入一场纷争和蒙受羞辱的事情。文章的后半部分，萧木用了很多笔墨表达对赵雅丽的愧疚。

这篇文章言之切切，每个字句每个标点都倾注着萧木内心最真实的情感。但是，萧木关闭了评论功能。或许，经历如此多复杂的事情后，她不想再听世间的任何聒噪。无论如何，如果赵雅丽教授能够看见这篇文章，她的内心一定会得到宽慰。

我不知道读到这篇文章的人有何感想。与萧木一样，我也不关心人们如何看待这件事。如今张古龙得到应有的惩罚，萧木与肖海波过着宁静的生活。在每个人都经历了满目疮痍的人生后，这或许是可以接受甚至令人欣慰的结局。只是，不知道赵雅丽现在身在哪里，过着怎样的生活。

# 4

萧木离开蜀城后，我便请希亚帮忙寻找赵雅丽。大年三十那天，春节联欢晚会开播前半个小时，希亚给我打电话说，她刚刚才知道

223

赵雅丽教授住在东上街88号，但是不知道她到底住在几幢几单元几楼，更不知道她的电话号码。这个消息让我振奋，寒冷的冬天瞬间变得温暖起来。

我家离东上街开车半个小时。我想马上见到赵雅丽教授，即便今晚是万家团圆的日子。希亚听说我马上要到东上街88号去找赵雅丽，当即决定陪我。我拒绝了一次，但她坚持要一同前往。我只好对她说："我来接你吧。"

希亚住在如意大街，从我这里开车过去要一个小时，中途还要路过东上街。这个城市一夜之间变成了空城，街道上人流稀少，大楼里灯火零星。虽然人们平常在蜀城奔波、劳碌，却并不爱它。在最需要凝聚感情的时候，人们纷纷逃离，留下一片苍茫的钢筋水泥丛林。我在离东上街最近的那个十字路口等红灯时，远远地看着一条狗在夜色里慢悠悠地走着。我环顾四周，发现四个路口只有我一辆车。马上是绿灯了，我按了几下喇叭，希望那条老狗不要挡在路中间。它不但没有被刺耳的喇叭声吓着，反而专注地望着我。片刻后，它继续低着头夹着尾巴慢慢走着，仿佛在寻找丢失的某种东西。

一个小时后，希亚钻进我的车里。她化着淡妆，我隐约闻到她身上的香水味。这种味道很熟悉，跟她以前用的香水差不多。我说："不好意思，这么晚了还打扰你。"

"你别忘了是我自己要来陪你的。"她说，"反正一个人在家也无聊。"

我本来想说自己也是孤家寡人，但话到嘴边又咽了下去。停在路口等红灯时，我说："现在还留在这个城市街道逛荡的人，大多数都是一个人吧。"

希亚没吱声。我斜着眼看了看，她正歪着脑袋看着车窗外迷离的灯火。

我们来到东上街 88 号，对物管说明来意后，那个值班的小伙子同意我把车子停在院子内。不过，他劝我们不用找赵雅丽了。他说："我知道那个女人，听说她以前白天在大学里教书，晚上在夜总会里跳艳舞。"

"你还听说过什么？"我给小伙子递了一支烟。

"好像这个女人有很多故事。据说，她还是很多老板的公共情人。"

"你是从哪里听说的这些事情？"我很清楚，这些流言蜚语的底本就是萧木的那本《夜天使》。

"我听大家私底下都在这么议论。不过，现在人们在大庭广众之下也都这么说，没有人在乎那个女人的感受。因为她疯了，蓬头垢面，神神叨叨。"

"疯了？"我和希亚几乎是同时问道，然后彼此看了一眼对方。

"疯了好几年了吧，我想一下。"他真的掉进回忆的旋涡。半晌，他才说，"我到这里来上班时她就已经疯了，四五年了。"

"她平常都在家吗？"

"我经常看到她自言自语地在院子里走来走去，无论春夏秋冬都穿着一件烂棉袄。"

我和希亚顺着小伙子指的方向，来到二幢三单元。赵雅丽住在二楼 201。我站在楼下望了望，窗口黑乎乎的，里面应该没人。但是，我们还是上楼到她家门口想看个究竟。

这是一道简易的铁门，没有门铃。我接连敲了好几次，都无人应答。楼道里的声控灯亮了又灭，灭了又亮。希亚劝我先回去，等春节过后再来。她说："大年三十晚上，疯子也不愿意别人去打扰。"

我不甘心，打算再等几分钟。我再次敲了敲，门吱呀一声开了。我和希亚下意识地后退几步，相互看了看又转眼盯着门口。一个头发散乱、目光呆滞的女人出现在我们面前。她看着眼前这两个陌生人，嘴巴里不停地念着："卑鄙是卑鄙者的墓志铭，卑鄙是卑鄙者的墓志铭……"

"请问您是赵雅丽教授吗？"

"人心最黑。"她看着希亚，然后又转眼看着我，"比什么都黑。"

"赵教授，您还记不记得一本名叫《夜天使》的小说？"

"披着天使外衣的魔鬼。"

"赵教授，您应该还记得这本书吧。这本书给您带来了麻烦。"

"卑鄙是卑鄙者的墓志铭。"

我确定赵雅丽真的已经精神失常，心中非常难过。我让希亚到楼下给赵教授买点过年的生活用品，我想单独与她说会儿话。希亚点了点头，转身下楼。

"赵教授，您还记得《夜天使》吗？因为那本小说您失去工作，变成今天这个样子。但是，我今天特地来告诉您，那本书的作者萧木女士一直在找您，却始终没有找到。如今，萧木女士已经远走异乡。离开蜀城时，她曾托我一定要找到您。那本书的确是她写的，但是写完后被人动了手脚，改了主人公的名字和故事的结尾，所以才给您带来这么多麻烦，让您遭受了无端的打击。"我看着她茫然的表情，"萧木女士托我向您道歉。同时……"

我本来想把暗害赵雅丽的人是张古龙这个事实告诉对方，却听见希亚的高跟鞋声从一楼传来，而且我想即便是告诉她，以她现在的精神状况也毫无意义，后半截话便没有说出来。

因为是大年三十晚上，附近的商店都已关门歇业，希亚没有买到任何东西。临走时，我准备给赵雅丽拿一千元钱。她没有接，即便是面对白花花的钞票，她的眼神依然那么空洞和茫然。我侧着身子向前一步，绕过赵教授把钱放在那个凌乱的鞋柜上。我顺便朝屋子里望了望，黑黢黢的什么都没有看见。退出来后，我和希亚缓缓下楼，赵雅丽没有立即关门，而是木然地看着我们。我边走边回头看她，在楼梯的转角处，我停下脚步对她说："新年快乐！"

我穿过漆黑的院子来到车前，发动汽车后久久不愿离开。希亚催促地说："走吧。"我无动于衷，脑子里不断地闪烁着最后一眼看见赵雅丽的情形，我确信自己看见了她眼里泛起的泪花。

这个发现让我感到极大的悲伤，但我没有告诉希亚。我把汽车开得快要飞起来了，一路上至少闯了三次红灯。闯前面两次红灯时，希亚还会提醒我，到第三次时，她没有再说一句话。

大半个小时后，我们来到如意大街。

希亚默默地下车，默默地朝家走去。在院子门口，她突然回头说："新年快乐！"

"新年快乐！"

我穿过午夜无人的大街，回到家打开电视机时，春节联欢晚会进入尾声，《难忘今宵》的歌声婉转而深情。


# 5


大年初一，"回归"书店里只有我一个人。

我沏好茶，拿起美国作家米奇·阿尔博姆的《相约星期二》悠闲地看着。虽然这位专栏作家行文流畅、文字简练，但是我并没有沉浸在他和他的老师在每个星期二发生的故事，而是脑子里想着天南地北的事。这个春节，希亚是怎么过的？萧木和肖海波是怎么过的？

最终，我合上书，拿起手机给萧木打了个电话。

"墨非老师，新年快乐！"

"祝你和肖海波新春愉快！"

"您现在在哪里？"

"'回归'书店。"

"对不起，这个书店让您春节都没有休息。"

"我很感谢你把书店转让给我，不然的话，这个春节我还真不知道去哪里。"

"您春节不回故乡吗？"

"我没有故乡，因为那片土地上没有故人。"

"墨非老师，对不起！"

"我给你说件事，我找到赵雅丽教授了。"

"什么时候找到的？"

"昨天晚上。"

"她现在好吗？"

我不知道该怎样说。

"墨非老师，赵教授现在好吗？"

"她已经疯了。"

"我想马上回蜀城见赵教授，把张古龙陷害她的事情告诉她。"

"既然事情已经过去这么多年，就让它过去吧。你现在把真相说出来，已经于事无补。而且，她的精神已经失常，即便你告诉她是张古龙在捣鬼，她也不会明白。"

"我恨张古龙。"

"你的书我已经为你出版了，你应该把往事抛下，安静地生活。"

"我还是想回蜀城来看看她。"萧木哽咽着，"我当年干的傻事，把无辜的赵教授害得如此下场，心里难安。"

"我觉得没有必要，因为她已经记不清当年的事情。"我又想起昨天晚上赵雅丽眼角依稀泛起的泪花，"这件事还是交给我吧。"

"您打算怎么做？"

"如果你同意，我想用《世界尽头的奇妙之旅》和《在地狱里唱歌跳舞》的版税，把赵教授带到最好的医院治疗，希望她能好起来。"

"我没有任何意见，就按您说的办。"

"另外，还有一件事情想与你商量。"

"墨非老师，您怎么这么客气？"

"肖海波离开蜀城时，把那些能够带给人希望的书全部放在我家里了。"

"如果您觉得没用，就丢了吧。"

"我觉得那些书非常有价值，打算全部放在书店里。"

"这些书不一定好卖。"

"这些书我不打算卖。"

"那把它们放在书店里做什么？"

"供人阅读。"

"只让读者阅读？"

"我还想把书店名字改为'灯塔'，不知道你是否愿意？毕竟，'回归'这个名字对于你和肖海波来说，具有非同寻常的意义。"

"我明白您的意思，我完全同意。"

"以后，'灯塔'书店只提供带给人希望的书，只供人阅读而不卖书，而且是二十四小时营业。"

"墨非老师，这件事太有意义了。"

"就像'绝望收藏室'那样有意义？"

"是的，我希望那些陷入绝望的人，能在阅读这些书的过程中找到希望。"

"就像你一样获得一种力量，从绝望中勇敢地走出来，找到人生的希望。"

"虽然绝望是魔鬼，但是我们有一万种方法打败它。"

"在绝望中寻找希望，在希望中勇敢前行。"

这通电话打了一个多小时。挂断电话后，明亮的阳光冲破雾霭洒在书店里。我放下手机来到书架前，缓缓踱步，一本本精致的图书从我眼前滑过。我想起杨冉的话，她说每一本书都是有生命的。此刻，我充分相信它们能带给人力量。当我刚刚看到特雷西·基德尔的《生命如歌》时，杨冉发来一条短信。她说："我明天来上班。"

我回复说："不是说好十六才上班吗？"

"我想念那些书了。"

"你不陪男朋友？"

"我男朋友不在身边。"

"他在哪里？"

"'回归'书店。"

我僵硬地站着，没有回复杨冉。

五分钟后，杨冉又发来短信："怎么不说话？"

"明天见。"发完这条短信，我感到一阵头晕。

我还沉浸在对若童的思念和内疚里无法自拔，杨冉的表白搅乱了我的心。我提前离开书店回到家。这个夜晚，我辗转难眠，不知道明天如何面对杨冉。她是那样纯净和直白，活脱脱就是另一个若童。我无法接受她的爱，但是我更不知道怎么拒绝她。

第二天早上，当我来到书店时，店门是开着的。走进去，我看见杨冉神清气爽地坐着。她穿着呢子大衣，长长的棕色头发披在肩膀上。看着我，她笑嘻嘻地说："欢迎光临。"

"你怎么这么早？"

"睡不着，索性就早点儿过来。"

"正好，我有事对你说。"

我来到角落的位置坐下，杨冉端着一杯竹叶青走过来。她坐在我对面，盯着我看了很久，才小心翼翼地问："什么事啊？"

"我想再招聘几个人。"

"书店不大，顾客不多。为什么还要招人？"

"我想调整一下书店。"

"怎么调整？"

"第一，书店的营业时间延长，二十四小时营业；第二，书店只提供看书而不卖书；第三，店名由'回归'改为'灯塔'。"

杨冉点点头，羞涩地笑着。

经过十多天的准备，"灯塔"在正月十六那天正式营业。这是蜀城第一家二十四小时营业的书店，这是蜀城第一家只为读者提供希望的主题书店。当天，小小的书店挤满读者。从早上到深夜，没有人说话，没有人趴在桌子上睡觉。他们一页一页翻书的声音，在寂静的夜里像一曲曲动人的乐章。

当书店由"回归"变成"灯塔"后，我完全成为杨冉期望中的驻店作家。每天晚上六点，我都准时来到书店，在一个安静的角落里坐着，阅读或者写作，偶尔与读者进行一些轻松愉悦的交流。通常情况下，我会在凌晨两点离开书店回家。

驻店作家的生活，让我感到充实。我每天凌晨两点回家，一觉睡到第二天上午十点。我把每天下午的时间用来处理生活中的其他事物，包括洗衣服、做卫生、购买日用品，或者锻炼身体和会友。

我不再像以前那样封闭，不再抵触别人的邀约。我主动融入社会，成了一个积极生活的人。

三月初的一个晚上，我坐在"灯塔"书店里，重新开始中断已久的创作。那是一种奇妙的感觉。我没有像以往那样做任何准备工作，创作的冲动在一瞬间便占据我的大脑，激发出无穷的能量。在电脑里新建一个文档后，故事便在键盘的噼噼啪啪声中流淌出来。这是我最顺利的创作。我感觉不是自己在精心编织一个故事，而是心底的故事每天都在催促我将它写出来。六月上旬，我在一个凌晨完成了这部作品。这就是萧木的故事，就是你们现在看到的这本书。我相信她的泪水、伤痛和坚韧能触动你的内心，我相信她从绝望中绝地反击迎来希望的经历，能带给你力量。

我关掉电脑走出书店，久久地伫立在文化路路口，远远地望着"灯塔"两个字。它散发出的光芒很微弱，但是足以让人看见。